# 緩やかさ

ミラン・クンデラ
西永良成 訳



集英社文庫

# 緩やかさ

# 1

私たちは、宵と夜をどこかの城で過ごしてみたくなった。フランスでは、多くの城がホテルになっている。そこは緑のない醜悪な広がりのなかにひっそり隠れている緑地、広大な道路網のあいだに紛れている、小径《こみち》や木々や鳥たちの一郭だ。私は車を走らせ、バックミラーで、背後の車に注意する。左のランプが点滅し、まるでその車全体がじりじりと、苛立《いらだ》ちの波長を放っているようだ。ドライバーは私を追いぬく機会を待ち、さながら猛禽《もうきん》が雀《すずめ》をねらうように、好機をうかがっている。

妻のヴェラが私に言う。「フランスでは、五十分に一人が交通事故で死んでいるのよ。見てごらんなさい、私たちの周囲を走っているこの無謀な連中を。これと同じひとたちが、街頭でお年寄りが身ぐるみ剝がされるのを見たりすると、異常なくらい臆病になれるのよ。この連中、ハンドルを握ると、どうして怖さ知らずになるのかしら?」

さて、どう答えるべきだろう? たぶんこうだ。自分のオートバイにかがみこんでいる男は、その飛翔《ひしょう》の現在の瞬間にしか集中できない。男は過去とも、未来とも切りはなされた時間の断片にしがみついている。時間の継続からひきはなされ、時間のそと、言いかえれば忘我の状態にいる。その状態では、自分の年齢も、妻も子供も、悩みも、なにもかもわからなくなり、だから怖くなくなる。なぜなら、怖さの源泉は未来にあり、そして未来から解放された人間には、なにも恐れるものがなくなるから。

速さは、技術革新が人間に贈った忘我の形式だ。オートバイに乗るのではなく、自分の脚で走る者は、つねに自分の身体とむきあい、たえず自分の足のまめ、息切れのことを考えなければならない。走るとき、彼は自分の体重、年齢を感じ、かつてなく自分自身と自分の人生の時間を意識する。人間が速さの能力を機械にゆだねるとき、すべてが変わる。以後、彼自身の身体は無用になり、彼は無形の、実体のない速さ、純粋な速さ、速さそれ自体、忘我としての速さに没頭する。

技術の無個性的な冷たさと、忘我の炎との奇妙な同盟。ここで私は思い出す。三十年まえに、エロチスムの幹部党員といってもいいような厳格で熱狂的な面持ちで、性の解放について（ぞっとするほど冷たい理論的な）忠告をしてくれたあのアメリカ人女性のことだ。彼女の話にもっともよく出てくるのは、オルガスムという言葉だった。数えてみたら、四十三回もあった。オルガスム崇拝は、性生活に投影されたピューリタン的功利主義、無為に反対する効率であり、性交を障害に——愛と世界の唯一真《しん》の目的である忘我的な激発に到達すべく、できるだけ速くのりこえなければならない障害に変えてしまう。

なぜ、緩やかさの快楽が消えさってしまったのだろうか？　ああ、昔の風来坊たちは
どこにいるのか？　民謡に歌われるあの暇人の主人公たち、風車から風車へとうろつき歩いて野宿する、あのさすらい人たちはどこにいるのか？　彼らは田舎道、草地や林間の空地、自然などとともに消えさってしまったのか？　チェコのある諺《ことわざ》が、彼らの安楽な無為をひとつの比喩で定義している。彼らは神さまの窓を眺めているのだ、と。神さまの窓を眺めている者は退屈しない。彼は幸福だ。私たちの世界では、無為は無聊《ぶりょう》に変わってしまったが、これはまったく別のことなのだ。無聊をかこつ者は欲求不満で、退屈し、自分に欠けている動きをたえず求める。

私はバックミラーを眺める。あいかわらず、対向車線の通行のせいで私を追いぬけない同じ車がいる。ドライバーの横にひとりの女がすわっている。どうして男は、なにか面白い話のひとつもしてやらないのか？　どうして手のひらを女のひざに置いてやろうとしないのか？　男はそうはせず、あまり速く走らない前方のドライバーを呪い、女もまたドライバーにそっと手でふれてやろうとは考えず、いっしょに運転している気になり、やはり私を呪っている。

そこで私は、二百年以上もまえになされた、パリから田舎の城へのあのもうひとつの旅、T夫人と夫人に同行した若い騎士［男爵の下の爵位］の旅のことを考える。ふたりがそんな

に間近にいるのは初めてで、ふたりを取りまくいわく言いがたい官能的な雰囲気が、まさしく調子の緩やかさから生まれる。四輪馬車の動きに揺すられ、まずは知らぬ間に、やがてそれと知りながら、ふたつの体がふれあい、物語が準備される。

# 2

ヴィヴァン・ドゥノン［フランスの版画家、外交官。一七四七―一八二五］の短編小説が語るのはこういうことだ。

ある晩、二十歳の若い貴族が劇場にいる（彼の名前も爵位も述べられていないが、私は彼が騎士だと想像する）。となりの桟敷席に、（T夫人という、名前の頭文字しかあたえられない）ひとりの貴婦人が見える。それは騎士の愛人である伯爵夫人の女友だちだ。彼女は芝居のあと、いっしょについてくるよう騎士に求める。騎士はその決然とした態度に驚き、T夫人のお気に入りのさる侯爵（私たちがその名前を知ることはない。私たちは秘密の世界にはいってしまっているので、ここには名前というものがないのだ）を知っているだけに、よけい啞然《あぜん》として、なにもわからないまま、四輪馬車の美しい貴婦人のかたわらに身をおくことになる。楽しく心地よい旅のあと、馬車が田舎の城の階段のまえでとまると、T夫人の夫がふたりを迎える。三人は会話のない陰気な雰囲気のなかで夕食をとるが、やがて夫が退出して、彼らをふたりだけにする。

このときから、ふたりの夜がはじまる。三枚つづきの絵のような夜、三段階の道程のような夜。まず、ふたりは庭園を散歩する。それから、あずま屋でまじわる。そして、城の秘密の小部屋でずっと愛しあう。

夜明けに、ふたりは別れる。迷路のような廊下で、自分の部屋をみつけられなかった騎士が庭園にもどると、そこで侯爵、T夫人の愛人であるはずの侯爵そのひとに出会って驚く。城に着いたばかりの侯爵は、機嫌よくあいさつし、その謎の招待の理由を知らせる。T夫人は、夫から侯爵が疑いの眼《め》で見られないようにするために、煙幕を必要としたのだったという。侯爵は韜晦《とうかい》が成功したことを喜び、贋《にせ》の愛人という、なんとも滑稽な任務を果たす羽目になった騎士を嘲弄する。愛の一夜に疲れはてた騎士は、感謝する侯爵に提供された馬車に乗って、ふたたびパリに出発する。

『明日はない』と題されたこの短編小説は、一七七七年にはじめて出版された。作者の名前は（私たちは秘密の世界のなかにいるのだから）M・D・G・O・D・Rという謎めいた六つの大文字に代えられていたが、その気になれば、これは〈M. Denon, Gentilhomme Ordinaire du Roi.（ドゥノン氏、王付きの貴族）〉と読める。やがて一七七九年、ごく小部数、まったくの匿名で再版されたが、翌年別の作家の名前で刊行された。一八〇二年と一八一二年には、新版が日の目を見たが、やはり本名はなかった。そして半世紀の忘却のあと、一八六六年に再刊され、以後ヴィヴァン・ドゥノンの作とされることになったのだが、今世紀のあいだに名声を獲得し、その栄光はますます高まった。今日この短編小説は、十八世紀の芸術と精神をもっともよく表現していると思われる文学作品のひとつである。

# 3

日常の言語では、快楽主義という概念は背徳的ではないにしろ、道徳観念のない、享楽的な生活にむかう性向をさす。もちろん、それは正確でない。快楽の最初の大理論家エピクロス［古代ギリシャの哲学者。前三四一頃—前二七〇頃］は、きわめて懐疑的な態度で至福の生活を理解した。すなわち苦しまない者が快楽を覚えるのだ、と。つまり、快楽主義の根本概念は苦しみなのである。ひとは苦しみを遠ざけられれば、そのぶんだけ幸福になる。そして快楽はしばしば、幸福よりも不幸をもたらすから、エピクロスは用心深く、慎ましい快楽しかすすめない。このようなエピクロスの英知には、陰鬱な内奥がある。この世の悲惨さのなかに投げ出された人間は、明白で確実な唯一の価値とは、どんなささいなものでも、ともかくみずから感じとることができる快楽だと確認するのだ。たとえば、一口のつめたい水、空への（神さまの窓への）一瞥《いちべつ》、一度の愛撫《あいぶ》。

慎ましくても慎ましくなくても、快楽は快楽を感じる者にしか属さない。だから哲学者は、快楽主義が利己主義を基本としていると非難できるのだが、これは正当なことだ。

しかし私に言わせれば、快楽主義のアキレスの踵《かかと》［弱点］は利己主義ではなく、（ああ、私が間違っていればいいのだが！）その絶望的なまでにユートピア的な性格なのだ。じつは私は、快楽主義の理想が実現されるのを疑っている。快楽主義が私たちにすすめる生活は、人間の本性とは相いれないものではないかと恐れているのだ。

十八世紀はその芸術のなかで、快楽を道徳的な禁忌の霧から出現させた。十八世紀はフラゴナール、ワトーの絵画、サド、クレビヨン・フィス［フランスの作家。一七〇七―七七］あるいはデュクロ［フランスの作家。一七〇四―七二］の文章などから発散してくる、リベルタン［無信仰で放縦・淫蕩な、の意］と呼ばれる態度を誕生させた。そのために、私の若い友人ヴァンサンはこの世紀が大好きで、できることなら、上着の折り返し襟の記章としてサドの横顔をつけさえするかもしれない。私はその賛嘆の気持ちをともにするが、この芸術の真の偉大さは快楽主義の、なんらかの宣伝ではなく、分析にあるのだと（本当にはわかってもらえないとしても）つけくわえる。それこそ、私がコデルロス・ド・ラクロの『危険な関係』を、あらゆる時代の最高の小説のひとつだとみなす理由なのである。

ラクロの人物たちは、快楽の征服以外のなににも専心しない。とはいえ、読者はすこしずつ、彼らの気をひくのは快楽よりも、むしろ征服のほうなのだと理解する。先頭に立つのは快楽への欲望ではなく、勝利への欲望なのだと。最初は楽しげで淫らな戯れとして現れるものが、それと知られないまま、不可避的に生死を賭けた闘争に変ずるのだと。しかし闘争は、快楽主義とどんな共通点があるのか？　エピクロスは書いていた。「賢明な人間は、闘争と結びつくどんな活動も求めない」

書簡体という『危険な関係』の形式は、別のものに代えられるような、たんなる技術的な手法ではない。この形式それ自体が雄弁なのであって、人物たちは、みずから生きたすべてのことを語り、伝え、告白し、書くためにこそ、生きたのだと私たちに告げる。すべてが語られるこのような世界にあって、もっとも容易に手にでき、もっとも致命的な武器は、秘密の暴露である。小説の主人公ヴァルモンは、誘惑した女に訣別《けつべつ》の手紙を送りつけ、その手紙が女を破滅させる。ところが、その手紙を一語一語書き取らせたのが、彼女の女友だちメルトゥイユ侯爵夫人なのだ。のちになって、そのメルトゥイユ夫人が復讐《ふくしゅう》のために、ヴァルモンの内密の手紙を彼のライバルにみせる。ライバルはヴァルモンを挑発して決闘し、ヴァルモンは死ぬ。彼の死後、彼とメルトゥイユ夫人との私的な書簡が暴露され、侯爵夫人は追いつめられ、追放され、軽蔑されながら一生を終えることになる。

この小説のなかにひとつとして、ふたりの人間だけの秘密にとどまってはいない。まるで、こっそり言われたどんな言葉も拡大され、無数の際限のない谺《こだま》として鳴り響く、巨大な貝殻の内部にいるかのようなのだ。私は子供のころ、貝殻に耳をあてると、太古からの海のざわめきが聞こえるという話をきいた。ラクロの世界ではそんなふうに、発せられたどんな言葉も永遠に聞こえる。それが十八世紀なのだろうか？　それが快楽の楽園なのだろうか？　それとも人間は、そうと気づかぬまま、太古から、そのように響きわたる貝殻のなかで生きているのだろうか？　いずれにしろ、響きわたる貝殻、それはエピクロスが弟子たちに、「なんじは隠れて生きよ！」と命じた世界ではない。

# 4

受付の男は親切というか、まあ、ふつうホテルの受付にいる男たちよりずっと親切だ。彼は二年まえに私たちがここにきたのを覚えていて、その後ホテルの様子もずいぶん変わったのだと知らせてくれる。さまざまな種類のセミナー用に会議室が設けられ、しゃれたプールもつくられたという。私たちはそのプールが見たくなって、庭園に面して大きな窓がある、とても明るいロビーを横切る。ホールの端から広い階段が、ガラス張り天井に床タイルの大きなプールのほうにおりている。ヴェラが、「まえは、ここにちいさなバラ園があったわね」と私に思い出させてくれる。

私たちは部屋に落ちつき、やがて庭園に出る。緑の築山が川、セーヌ川の方向に下っている。それは美しく、私たちは驚嘆し、ながい散策がしたくなる。数分後、車が矢のように走っている道路が、突如として出現する。私たちは道を引きかえす。

夕食はすばらしい。食堂の天井のしたでふるえている、過ぎ去った時間の思い出に敬意を表したいとでもいうように、みんなきちんとした服装をしている。私たちのとなりに、ふたりの子供をつれた両親が席を取っていた。子供のひとりが大声で歌う。給仕がお盆を手にしたまま、彼らのテーブルに身をかがめる。母親がじっと給仕を見つめ、ひとに見られていることに得意になり、椅子のうえに立ってますます声を張りあげる子供に、ほめ言葉のひとつもかけてくれるよう促したいようすだ。父親の顔にも幸福そうな微笑が浮かんでいる。

すばらしいボルドー・ワイン、鴨肉《かもにく》、デザート――これは店の秘伝だ――、私たちは満ち足りて、無頓着におしゃべりをする。やがて、部屋にもどり、私はしばらくテレビをつける。そこにも、あいかわらず子供たちがいる。今度は黒人の瀕死《ひんし》の子供たちだ。私たちがこの城に滞在した時期はたまたま、数週間のあいだ毎日毎日、内戦と飢餓の被害をうけたアフリカの何とかという名前の国（こんなことはすべて、すくなくとも二、三年まえにも起こっている。それらの国の名前をいちいち、どうして覚えていられよう！）の子供たちが見せつけられる時期にあたっていた。その子供たちは痩せて疲弊し、顔のうえをうろつくハエを追い払う身振りをする力さえなくなっている。

ヴェラが私に言う。「この国には、死んでゆく老人もいるのかしら？」

いや、いや、いないのだ。この飢餓でじつに興味深かったのは、地上に生じた何百万の飢餓のなかでこの飢餓を唯一無二のものにしていたのは、それが子供たちの命だけを奪い取っていたことだ。そんな前代未聞の状況を確認しようと毎日ニュースを眺めても、画面ではただひとりの大人も苦しんでいるのが見られなかった。

だから、大人たちでなく子供たちが、老人たちのそんな残虐行為に反抗し、子供特有の率直さで、「ヨーロッパの子供たちは、ソマリアの子供にコメを送ろう！」という有名なキャンペーンを開始したのは、まったく当然のことだった。ソマリア！　もちろんそうだ！　あの有名なスローガンが、私に忘れていた名前を思い出させてくれた！　ああ、それらすべてのことが、すでに忘れ去られているのは、なんと残念なことだろう！　彼らはコメの袋を、数かぎりない量のコメの袋を買った。ちいさな子供たちの心に潜んでいた、そんな地球的な連帯感に感動した親たちが、義援金をさしだし、あらゆる団体が援助を提供した。コメは学校に集められ、港に運ばれ、アフリカに向けて船に積み込まれ、みんながコメの輝かしい叙事詩のあとをたどることができた。

瀕死の子供たちの直後に、テレビ画面は六歳か、八歳ぐらいの少女たちに侵入される。少女たちは大人の服装をし、年増の色女みたいに、いい感じにふるまう。ああ、子供が大人のようにふるまうのは、なんと魅力的、なんと感動的、なんと愉快なんだろう。少女たちは少年たちの口に接吻《せっぷん》する。次に、腕に乳飲み子をかかえたひとりの男が登場する。男が赤ん坊が汚したばかりの下着の最良の洗いかたを説明していると、ひとりの美しい女が近づき、口を半開きにして、ひどく官能的な舌を出して、その舌を乳飲み子をかかえているひどくおめでたい男の、口のなかに差しいれる。
「もう寝ましょう」と、ヴェラが言ってテレビを消す。

# 5

アフリカの幼い仲間たちの援助に駆けつけるフランスの子供たちは、いつも私に知識人ベルクの顔を連想させる。当時は彼の名声の絶頂期だった。これはひとの名声に関してよくあることだが、彼の名声はある失敗が原因だった。思い出しておこう。今世紀の八〇年代の世界は、エイズと呼ばれる病気の流行に襲われたが、この病気は性的な接触等によって感染し、当初はとりわけホモセクシュアルたちのあいだに猛威をふるっていた。この流行を神の正しい懲罰だと見て、患者たちを疫病神のように忌みきらう狂信家たちに反対して立ちあがるべく、寛容な精神の持ち主たちは、患者たちへの友愛を表し、患者たちとつきあってもなんの危険もないことを示そうとした。そこで、代議士のデュベルクと知識人のベルクが、パリの有名なレストランで、エイズ患者のグループと昼食をともにすることになった。食事はすばらしい雰囲気のうちに過ぎてゆき、代議士のデュベルクは、よき手本を見せるどんな機会も見逃さないようにと、デザートになるとカメラマンたちを招きいれた。カメラマンたちが入口に現れたと見るや、彼はすぐに立ちあがって、ひとりの患者に近づき、その患者を椅子から抱きあげて、まだチョコレートムースでいっぱいの口に接吻した。ベルクは不意をつかれた。彼はただちに、いったん写真にとられ、フィルムにおさめられたら、デュベルクの崇高なキスは不滅になるだろうと理解した。彼は立ちあがり、自分もやはりエイズ患者に接吻しにゆくべきかどうか知ろうと、必死に考えた。その熟考の第一段階で、彼はその誘惑をしりぞけた。心の奥底では、患者の口との接触で感染しないという完全な確信がなかったからだ。第二段階で、そのキスの写真は危険をおかすだけの値打ちがあると判断し、自分の用心深さを乗りこえようと決意した。だが第三段階になって、エイズ感染者の口にむかって駆けつけようとする彼を、ひとつの考えが押しとどめた。今さらおれが患者に接吻したところで、けっしてデュベルクと対等になれるわけではない、それどころか、おれは模倣者、追従者、さらには、あわてふためいた模倣によって他人の栄誉にことさら光輝を増してやる従僕の地位におとしめられるだろう。そこで彼は、じっと立ったまま、間の抜けた薄笑いを浮かべるだけにした。しかし、その数秒間のためらいが彼には高くついた。カメラがあいかわらずそこにあり、テレビニュースでフランス中のひとびとが、その顔に彼の困惑の三段階を読みとって、せせら笑ったからだ。だから、ソマリアのためにコメ袋を集めた子供たちは、時宜よく彼に援助の手を差しのべてくれたのだといえる。彼はどんな機会をも利用して、「子供たちだけが真実のなかで生きているのだ！」という、美しい格言を公衆に浴びせかけた。それからアフリカにゆき、顔中ハエだらけになった瀕死の黒人少女のかたわらで、写真におさまった。その写真は全世界で有名になった。エイズ患者に接吻するデュベルクの写真よりずっと有名になった。死んでゆく子供は、死んでゆく大人よりずっと大切だったから。この時期のデュベルクには、そんな明白なことがまだわかっていなかったのだ。とはいえデュベルクは、自分が負けたとは感じず、数日後テレビに出演した。信者の掟《おきて》を実践するカトリック教徒の彼は、ベルクが無神論者であることを知っていて、それが彼にひとつの考えをあたえた。ろうそく、すなわちそれをまえにすると、どんな強固な無信仰者でも頭《こうべ》をたれる武器をもって出演してやろうという考えだ。彼はジャーナリストとの会見の最中に、ポケットからろうそくを取りだして火をつけた。そして陰険にも、異国の心配をしているベルクの信用を失わせてやりたいと思い、自分たちの国の、つまり自分たちの農村、自分たちの郊外の貧しい子供たちのことを話し、苦しんでいる子供たちとの連帯のしるしに、各人がろうそくをもって街頭に出て、パリ中を大行進しようと同国人たちに呼びかけた。そのすぐあとに、彼は行列の先頭に並んで立とうと（哄笑《こうしょう》を押し殺して）名指しでベルクに呼びかけた。ベルクは選ばねばならなかった。ろうそくをもってデュベルクの侍者として行進に参加するか、それとも逃げて、非難に身をさらすか。それは罠《わな》だったので、意表をつくと同時に大胆な行為によって、その罠から逃げねばならなかった。彼はただちに、民衆が反乱を起こしているアジアのある国に飛びたち、そこで圧政に苦しむ者たちへの支持を、声高に、きっぱりと叫ぼうと決意したのだ。残念ながら、地理はずっと彼の弱点で、彼にとって世界は、フランスと非フランスだけに分かれていた。非フランスにはわけのわからない地方がいくつもあるので、彼はいつも取り違えてしまう。その結果彼は、山中の飛行場が凍《い》てつくように寒く、交通の連絡も悪い、うんざりするほど平穏な別の国に降りてしまった。そこで一週間飛行機を待ち、腹をすかし風邪をひいて、パリに連れもどしてもらった。

「ベルクはいわば、舞踏家《ダンサー》たちの殉教の王といったところだよ」と、ポントヴァンが解説した。

舞踏家という概念は、ポントヴァンの友人たちの小サークルにしか知られていない。それは彼の大発見なのに、その概念を著作のなかで展開したり、国際的な討論会などのテーマとして受けいれさせたことが一度もなかったのを、ひとは遺憾に思ってよい。だが、彼は大衆的な名声など問題にしない。だからこそよけい、友人たちは面白がり、注意深く彼の話に耳を傾けるのだ。

# 6

ポントヴァンによれば、今日のあらゆる政治家たちにはいくらか舞踏家《ダンサー》のようなところがあるし、あらゆる舞踏家は政治にかかわるけれども、だからといって私たちは、政治家と舞踏家とを混同してはならないという。舞踏家が通常の政治家と異なるのは、権力ではなく、栄誉を欲する点においてだ。舞踏家はしかじかの社会組織を世界に押しつけたがらず（そんなことはちっとも気にかけない）、自分の我欲を光り輝かせるために舞台を占領したがる。

舞台を占領するには、舞台から他人たちを追いやらねばならない。これには当然、特殊な闘いの技術が必要になる。ポントヴァンは、舞踏家が繰りひろげる闘いをモラルの柔道と呼ぶ。舞踏家は全世界にむかって挑戦する。だれが自分より倫理的な（勇敢で、正直で、誠実で、犠牲心があり、真正な）態度をとることができるのか、というわけだ。そして彼は、相手を倫理的に劣る状況に置くことができるような、あらゆる攻め手を操る。

舞踏家は政治ゲームに参加する可能性があると、（これまでずっと真の政治ゲーム場だった）あらゆる裏取引をこれみよがしに拒否し、裏取引を虚偽、不誠実、偽善、下劣だと非難する。演壇のうえで歌い、踊りながら、みずからの提案を公然と提示し、自分の行動のあとに従うよう、他人たちに名指しで呼びかける。しつこいようだが、控え目に（よく考え、反対提案を議論する時間を他人にあたえるため）ではなくて、公然と、そしてもし可能なら不意を襲う形で、である。「あなたは（私のように）ただちにソマリアの子供たちのために、この三月の給料をあきらめる覚悟があるんですか？」こんなふうに不意を襲われる者たちには、二つの可能性しかあるまい。それを拒否し、子供たちの敵として評判をおとすか、ひどく困惑しながら「あきらめる」と言うかのどちらかなのだが、テレビカメラは意地悪くその困惑を赤裸々に見せるにちがいない。ちょうどエイズ患者たちとの昼食会の終わりに、あのあわれなベルクのためらいを赤裸々に見せたように。「H先生、あなたの国では人権が蹂躙《じゅうりん》されているのに、どうして黙っておられるんですか？」患者の手術の最中で返事ができないH医師は、そんな質問をされた。しかし、切った腹を縫いなおしたあと、彼は自分の沈黙がひどく恥ずかしくなり、彼の口から聞きたいと思われていたこと、さらにそれ以上のことまでしゃべった。すると、彼にたいして長広舌をふるった舞踏家は（これはことのほか恐ろしいモラルの柔道の組み手なのだが）こう言い放った。「やっとおっしゃいましたね。もっとも、すこし遅すぎたようですが……」

（たとえば、独裁的な体制においては）公的に意見を表明するのが危険になる状況が生じることがある。だが、舞踏家は他の者たちよりもいくらか危険がすくない。なぜなら舞踏家は、スポットライトの光のしたを歩き回り、どこからでも見られているので、世間の注意によって保護されているから。しかし舞踏家には匿名のファンたちがいて、彼らは彼の華麗で軽率な呼びかけに従い、嘆願書に署名したり、禁止された集会に出席したり、街頭でデモをしたりする。この者たちは容赦なく取り締まられるが、舞踏家のほうは高貴な大義は何々某たちの生活よりも重いことを知っているので、彼らの不幸を引き起こした自分を責めるといった、感傷的な誘惑にはけっして屈しない。

ヴァンサンはポントヴァンに反論する。「あなたがベルクを大嫌いだってことは、よく知られている。ぼくらも同じです。しかし、彼がいくら馬鹿な奴《やつ》でも、ぼくらも正しいとみなす大義を支持してきた、というか、むしろ彼の虚栄心がそのような大義を支持してきたと言ってもいい。そこで、あなたに訊《たず》ねる。もしあなたが公的な紛争に介入し、忌まわしいことに世の注意を喚起し、迫害されている者を援助したいと望むなら、ぼくらの時代において、どうやって舞踏家にならずに、もしくは舞踏家と見られずにいられるんですか？」

これにたいして、神秘的なポントヴァンは答える。「ぼくが舞踏家たちを攻撃したかったときみが考えているのなら、それは間違いだ。ぼくは彼らを擁護しているんだ。舞踏家たちに嫌悪を覚え、彼らをけなしたがる者は、かならず彼らの誠実さという、越えがたい障害にぶつかることになる。なぜなら、舞踏家はたえず公衆の目に身をさらしているので、非の打ちどころのない人間にならざるをえないからだ。舞踏家はファウストのように悪魔と契約を結ぶのではなく、天使と契約を結んだんだ。つまり、彼は自分の人生を芸術作品にすることを望み、その仕事のなかで天使に助けてもらう。というのも、これは忘れてならないことだが、舞踏はひとつの芸術だからだ！　舞踏家の真の本質は、自分自身の人生に芸術作品の材料を見たいという、そんな固定観念のなかにこそあるんだ。舞踏家はモラルを説かず、モラルを踊る！　自分の人生の美しさによって、世間を感動させ、眩惑《げんわく》したがる！　ちょうど彫刻家がみずから造形しつつある彫像に恋することがあるように、自分の人生に恋しているんだね」

# 7

そんな興味深い思想をどうしてポントヴァンは公表しないのだろうか、と私は思う。彼にはたいしてやることがなく、この文学博士の歴史家は国立図書館の研究室で退屈しているのに、である。彼は自分の理論を知らせることに関心がないのだろうか？　それでは言い足りない。そんなことが大嫌いなのだ。じっさい、自分の思想を公にする者は、みずからの真実を他人たちに納得させ、彼らに影響をあたえ、その結果として世界を変えたいと熱望する者たちの役割に身をおくことになる。世界を変える！　ポントヴァンにとってそれは、なんと恐ろしい意思だろうか！　それは、あるがままの世界がじつに素晴らしいからではなく、どんな変化も不可避的に最悪の事態に通じるからだ。さらに、もっと利己的な観点からすれば、公にされたどんな思想も、早晩その考案者の身に逆に降りかかり、それを考えたときに覚えた快楽を奪いとってしまうことになるからだ。というのも、ポントヴァンはエピクロスの最大の弟子のひとりだからで、彼が思想を思いつき、展開するのはただ、それが彼に快楽をもたらすからにすぎない。彼は人類を軽蔑しているわけではない。彼にとって人類は、快活でちょっぴり悪戯《いたずら》な考察の尽きせぬ源泉なのだが、それでも彼は、人類とのあまりにも密接な関係にはいる気などこれっぽちもない。彼は〈カフェ・ガスコン〉で出会う仲間の一隊に取りかこまれ、そんな人類のちいさな見本だけで充分なのだ。

その仲間たちのうちでも、ヴァンサンはもっとも無邪気で、ひとをほろりとさせる。私は彼には全面的な共感をもっていて、彼がポントヴァンに捧《ささ》げる、若者らしく、そして私の見るところ、度の過ぎた敬慕しか（たしかにやや嫉妬の気持ちからだが）彼に非難するところがない。ただその友情にさえも、どこかひとをほろりとさせるところがある。彼らは哲学、政治、書物など、心をとらえている多くの主題について話すので、ヴァンサンはポントヴァンとふたりきりになるのが嬉《うれ》しい。彼は奇妙で挑発的な考えをいっぱいもっているし、ポントヴァンのほうも夢中になって、弟子の誤りをただし、弟子を鼓吹し、激励する。だが第三者がやってくるだけで、ヴァンサンは不幸になる。ポントヴァンはたちまち変わってしまい、大声で話すようになって、面白く、ヴァンサンの好みからいえば、あまりにも面白くなりすぎるから。

たとえば、彼らがふたりきりでカフェにいると、ヴァンサンがたずねる。「ソマリアで起こっていることについて、あなたは本当はどう思っているんですか？」ポントヴァンは我慢づよく、アフリカについて一つの講演になるくらいの話をする。ヴァンサンが異論をとなえ、ふたりは議論になる。きっと彼らはふざけもするのだろうが、しかしそれは自分が際立ってやろうとするのではなく、ただこのうえなく真面目な会話のあいだにも、しばし寛《くつろ》ぎの時間を取るためだ。

そこに、マシューが見知らぬ美女をつれてやってくる。ヴァンサンは議論をつづけたがって、「だけど、ポントヴァン、言ってもらいたい。そんな主張をする自分が、間違っていると思わないんですか？」と言って、友人の理論に反対する興味深い論争を展開する。

ポントヴァンは長い間《ま》をおく。彼は長い間の名人だ。彼は、間を怖がるのは臆病者たちだけで、臆病者たちはどう答えていいかわからないとき、あわてて混乱した文句を口走って、自分を滑稽にしてしまうのを知っている。ポントヴァンはじつに見事に沈黙の用法を心得ているから、天の川でさえもその沈黙に心を打たれ、じりじりと返事を待ちこがれるほどだ。彼が一言も発せずにヴァンサンを眺めると、どういうわけだか、ヴァンサンは恥じらって目を伏せる。すると彼は、微笑《ほほえ》みながら婦人を眺め、心配そうなふりをして深刻な眼つきになり、それからもう一度ヴァンサンのほうに振りかえって、「ご婦人がいらっしゃるまえで、わざとらしいほど華々しい考えにこだわる、そのこだわり方はきみのリビドーの憂慮すべき逆流を示しているんだよ」

マシューの顔には例の馬鹿みたいな薄笑いが浮かび、美しい婦人が尊大で楽しそうな眼差《まなざ》しでヴァンサンを眺めまわすと、ヴァンサンはすっかり赤くなってしまう。彼は自分が傷つけられたのを感じる。一分まえにはおれにたいする思いやりにみちていたこの友人が、突然、ひとりの女を感嘆させてやるという、ただそれだけの目的でおれを困惑の底に沈めようとするんだ。

やがて、他の友人たちがやってきて、すわり、おしゃべりする。マシューがいろいろと逸話を物語ると、グジャールが冷淡な短い感想を言って、書物から得た博学ぶりをひけらかす。何人かの女たちが笑いを響かせる。ポントヴァンは沈黙したまま、待っている。そして、その沈黙を充分に熟させてから言う。「ぼくの恋人がだね、乱暴にふるまってほしいっていって、しょっちゅうぼくに言うんだ」

ああ、その言い方のなんと巧みなこと！　となりのテーブルの者たちまで黙ってしまって、彼の話に耳を傾ける。笑いがじりじりしながら、空中でふるえている。恋人が彼に乱暴にふるまってもらいたがるという事実の、いったいなにがそうもおかしいのか？すべては彼の声の魔力にある。ポントヴァンの声にくらべると、ヴァンサンの声はまるでチェロに張り合おうと骨を折る、みじめなファイフ［小型のフルート］のようなものだから、彼は嫉妬を覚えざるをえない。ポントヴァンは、けっして無理な声をださずに、穏やかに話すのに、その声が部屋中を充《み》たし、この世の他の物音を聞こえなくしてしまうほどなのだ。

彼はつづける。「乱暴なふるまい……でも、ぼくにはそんなことはできない！　ぼくは粗暴な人間じゃないんだ！　あまりにも繊細すぎるんだよ！」

あいかわらず笑いが空中でふるえている。そこで、そのふるえを味わうために、ポントヴァンは間をおく。

それから彼は言う。「ときどき、ぼくのところに若いタイピストがやってくるんだ。ある日、口述筆記のあいだ、ぼくは善意に満ちあふれ、彼女の髪をつかみ、椅子から立ちあがらせ、ベッドのほうにひきずってやろうとした。だが途中で彼女を放して、ぼくは大笑いしたんだ。ああ、なんたる失態、ぼくに乱暴にふるまってくれと言ったのは、あなたじゃなかった、ああ、ごめんなさい、マドモワゼル！」

カフェ中が笑う、ヴァンサンでさえも。彼は改めて自分の先生が好きになる。

# 8

だが、つぎの日、彼は咎《とが》めるような口調で先生に言う。「ポントヴァン、あなたってひとは、ただ舞踏家《ダンサー》たちの大理論家であるだけじゃなく、あなた自身が偉大な舞踏家なんですよ」

ポントヴァン（やや当惑して）「きみは概念を混同しているんだよ」

ヴァンサン「ぼくら、あなたとぼくが一緒にいて、だれかがぼくらにまじってくると、ぼくらのいる場所はたちまち二つに分かれてしまう。新参者とぼくは一階席にいて、あなたのほうは舞台のうえで踊ることになるんです」

ポントヴァン「きみに言っているんだ、概念を混同しているって。舞踏家という言い方はもっぱら、公的な生活を顕示する者たちに適用されるんだよ。ところがこのぼくは、公的な生活なんか嫌悪している」

ヴァンサン「昨日、あなたはあの女のまえで、まるでカメラのまえのベルクみたいにふるまいましたね。あなたはあの女の注意をすべて自分にひきつけようとしたんでしょう。自分がもっとも優秀で、もっとも才気あふれているのだ、と。そしてぼくにたいして、自己顕示主義者たちの柔道でも、もっとも通俗的な柔道をつかいましたね」

ポントヴァン「たぶん自己顕示主義者たちの柔道だったかもしれない。しかし、あれはモラルの柔道なんかじゃなかったよ！　そして、まさにその理由で、ぼくを舞踏家だと形容するきみは間違っているのさ。なぜなら、舞踏家は他の者たちより倫理的になりたがるものなんだから。ところが、このぼくのほうは、きみよりも劣る人間に見えるように望んだんだよ」

ヴァンサン「舞踏家がひとより倫理的に見られたがるのは、大観衆が素朴で、倫理的な身振りを立派だとみなすからでしょう。しかし、ぼくらの小観衆は背徳的で、不道徳が好きだ。だからあなたは、ぼくにたいして不道徳な柔道をつかったんだ。でも、それはあなたの舞踏家としての本質をちっとも否定するものじゃないですよ」

ポントヴァン（突如、きわめて誠実になり、口調を改めて）「もしぼくがきみを傷つけたんだったら、ヴァンサン、許してくれたまえ」

ヴァンサン（ポントヴァンが詫《わ》びてくれたことにただちに感動して）「あなたを許さねばならないことなんて、ぼくにはなにもありませんよ。あなたがふざけていたのは、わかっているんですから」

彼らが〈カフェ・ガスコン〉で出会うのは偶然ではない。彼らの守護聖人のなかでも、ダルタニヤン［アレクサンドル・デュマの小説『三銃士』に登場するフランス南西部ガスコーニュ地方出身の、勇敢で、友情に厚い騎士］は最高の守護聖人だ。それは友情、すなわち彼らが聖なるものとみなしている唯一の価値の守護者だからだ。

ポントヴァンはつづける。「言葉のもっとも広い意味で言うなら（そして、じっさい、きみはこの点で正しいのだが）、舞踏家はきっとぼくら各人のなかにいるにちがいない。だから、ひとりの女がやってくるのが見えると、ぼくが他の者たちの十倍も舞踏家になるのだと認めてもいい。それに逆らおうにも、このぼくになにができるというのか？　どうにもならないんだよ」

ヴァンサンがますます感動し、親しげに笑うと、ポントヴァンは改悛《かいしゅん》の口調になってつづける。「それに、もしぼくが今しがたきみが認めてくれたように、舞踏家たちの大理論家だというなら、それは彼らとぼくとのあいだに、わずかながらでも共通するなにかがあるからにちがいない。そうでなければ、ぼくには彼らのことが理解できないだろう。うん、ぼくはきみにそう認めるよ、ヴァンサン」

この段階にさしかかると、ポントヴァンは改悛者からふたたび理論家にもどって、

「だけど、ほんのわずかなだけだよ。だって、ぼくがこの概念をつかう厳密な意味では、ぼくは舞踏家とはなんの関係もないのだから。ベルク、デュベルクといった真の舞踏家は、女をまえにしても、自分を顕示しようとか、女を誘惑しようといった気持ちがいっさいないことは、考えられるだけでなく、またその公算が高いと思うね。別の女と取り

違えたために、タイピストの髪をつかんで自分のベッドのほうにひきずってしまった話をするなんて、彼らには思いもよらないだろう。なぜなら、彼らが誘惑したいのは観衆だからだ。何人かの具体的な、眼に見える女ではなくて、眼に見えない大群衆なんだよ！　ねえ、きみ、それが舞踏家の理論について、さらに練りあげねばならない章として残っていることなんだ。観衆の不可視性というやつがね！　そこにこそ、この人物の恐るべき現代性があるんだよ！　舞踏家はきみやぼくのまえでなく、全世界のまえで自己を顕示するのだ。だが、全世界とはなにか？　顔のない無限だ！　一つの抽象さ」

ふたりが会話をしている最中に、グジャールがマシューをつれてやってきて、ドアのところからヴァンサンに声をかける。「きみは昆虫学者の学会に招待されたと言っていたろう。ニュースがあるんだ！　ベルクも来るんだとさ」

ポントヴァン「また彼か！　奴はどこにだって現れるんだな！」

ヴァンサン「いったい奴は、そんなところでなにをやれるっていうんだ？」

マシュー「きみ自身昆虫学者として、それくらいわかってもいいはずじゃないか」

グジャール「学生だったころ、奴は昆虫学高等研究学院に一年間かよっていたのさ。この学会の期間中に、奴は名誉昆虫学者の地位に祭りあげられるってわけ」

そしてポントヴァン「そこに行って、大混乱させてやらなくちゃな！」それから、ヴァンサンのほうに振りかえり、「きみはこっそり、ぼくら全員の手引きをしてくれるんだろうな！」

# 9

ヴェラはもう眠っている。私は庭園に面した窓をあけ、T夫人と若い騎士が夜中に城を出てからたどった道程、あの三段階の忘れがたい道程のことを考える。

第一段階。ふたりは腕をからませて散歩し、話をかわす。やがて芝生のうえのベンチを見つけてすわる。ずっと腕をからませ、ずっと話をしながら。月の夜で、庭が段状にセーヌ川のほうに下り、川のざわめきが木々のざわめきに混じりあう。ふたりの会話の断片をいくつか捉えてみよう。騎士は接吻を求める。T夫人が答える。「よろしくてよ。もしわたくしが拒んだら、あなたはさぞかし慢心なさることでしょう。きっと自尊心から、わたくしがあなたを恐れているのだとお思いになるから」

T夫人が言うことのすべては技巧の、どんな身振りにも解説をくわえ、身振りの意味に細工をほどこす会話の技巧の成果である。たとえば、いまの場合、彼女は騎士の懇願する接吻を許すが、しかしそれは、自分が接吻されるのは騎士の誇りを中庸にもどしてやるためなのだという解釈を、その同意に押しつけたあとなのだ。

彼女が知性の戯れによって、接吻を抵抗の行為に変えるとき、だれひとり、騎士でさえもだまされない。しかし彼は、それでもその言葉をきわめて真面目に受けとめねばならない。なぜなら、それは機知の働きかけであり、機知の働きかけにはまた別の機知の働きかけで応じねばならないから。会話は時間の空白を埋めるのではなく、逆に会話こそが時間を組織し、時間を支配し、守るべき時間の規則を強制するのである。

ふたりの夜の第一段階の終わり。騎士が慢心しすぎないようにと彼女が応じた接吻のあとに、別の接吻、「たがいに急ぎあい、会話を中断させ、会話にとってかわる……」接吻がつづいた。しかし突然彼女は立ちあがり、帰路につこうと決心する。

なんという演出の技巧！　感覚の最初の混乱のあとに、愛の楽しみの果実はまだ熟していないのだと示してやらねばならなかった。その値打ちを高め、それをさらに望ましいものにしてやらねばならなかった。騎士をつれて城にもどる途中、T夫人はすべてをなかったことにするふりをするが、最後の瞬間になって状況を逆転させて、逢引《あいびき》を引きのばすぐらいのことは楽にできるのをよく知っている。それには古来の会話の技巧にいくらでもある、一つの文章、一つの決まり文句だけで充分なのだ。しかし、一種の予期せぬ陰謀、予測不可能なひらめきの欠如によって、彼女はたった一つの文句も見つけられず、不意に台詞《せりふ》を忘れた俳優のようになる。というのも、じっさい彼女には台詞を知っている必要があったからだ。今日のように、あなたしたいの、あたしもしたい、時間を無駄にしちゃいけないわ！　などと言えるような時代でないのだ。そんな率直さは彼らにとって、あらゆるリベルタン的な信念にもかかわらず、越えられない柵のうしろにある。もし彼らのいずれにも、時宜よくどんな考えも思い浮かばないなら、散歩をつづけるどんな口実も見つけられないなら、彼らはただその沈黙の論理によって城に帰り、そこでたがいに別れねばならないだろう。ふたりとも緊急に立ちどまる口実を見つけ、それを大声で口にしなければならないと思えば思うほど、ますます彼らの口は縫いあわされたように閉じてしまう。彼らを助けにやってくるかもしれないすべての文句が、必死に援助を求める彼らのまえで姿を隠してしまう。だから、城の門近くにつくと、「たがいの本能によって、私たちの足取りは緩やかになった」のだ。

さいわいにも、最後の瞬間になって、やっとプロンプターが目覚めたとでもいうように、彼女は台詞を思いだす。彼女は騎士を攻撃し、「わたくし、あなたにはあまり満足していませんの……」やれやれ、やっと！　やっとすべてが救われたのだ！　彼女は怒る！　散歩を引きのばすために見せかけの、ちょっとした怒りの口実を見つけたのだ。わたくしは、あなたにたいして誠実でした。それなのにどうして、あなたはご自分の恋人の伯爵夫人のことを一言も口にしなかったのですか、と。さあ急いで、急いで、説明しなければならない！　話さねばならない！　ふたたび会話がはじめられ、ふたりはあらためて、今度は落とし穴もなく、愛の抱擁にみちびいてくれる道を通って、城から遠ざかる。

# 10

T夫人は会話をしながら、場所に標識を設置し、出来事のつぎの局面を準備し、なにを考え、どうふるまうべきか相手に理解させる。まるで別のことを話すように、繊細に、優雅に、遠回しにそうする。彼女は準備している夜の情事を念頭におき、伯爵夫人の利己的な冷淡さを発見させて、相手を忠節の義務から解放し、緊張を緩めてやる。ごく近い未来を組織するだけではなく、どんな場合でも、騎士が別れるべきではない伯爵夫人の競争相手になりたくないと理解させて、より遠い未来をも組織する。凝縮された感情教育の授業をほどこし、道徳の規則の専制から解放し、秘密の厳守という、あらゆる美徳のうちでも最高の美徳によって保護しなければならない愛の実践哲学を教える。さらにごくさりげなく、翌日自分の夫にたいしてどうふるまうべきか説明するのに成功しさえする。

読者は驚かれるかもしれない。じつに理性的に組織され、標識が設置され、地取りをされ、計算され、測定されたこのような空間のどこに、自然さの、「熱狂」の場所があるのか、どこに錯乱があるのか、どこに欲情ゆえの逆上が、シュルレアリストたちが崇拝した「狂気の愛」があるのか、どこに無我夢中があるのか？　どこに私たちの愛の観念を形成した、あの無分別の力のすべてがあるのか？　いや、ここではそれらの力の出番などないのだ。なぜなら、T夫人は理性の女王だからだ。理性といっても、メルトゥイユ侯爵夫人のような非情な理性ではなくて、穏やかで優しい理性、愛を保護することを無上の使命とする理性の女王である。

月の夜、彼女が騎士をみちびいてゆくのが私には見える。いま、彼女が立ちどまり、眼のまえの薄闇に現れる屋根の輪郭を指し示す。ああ、彼はなんと艶《なま》めかしい瞬間の証人であることか。あのあずま屋、残念ですわ、と彼女は言う。わたくしがあそこの鍵をもっていないのは。ふたりが扉に近づくと、（なんと不思議！　なんと意外！）あずま屋は開いているではないか！

なぜ彼女は、鍵をもっていないと彼に話したのか？　なぜただちに、あずま屋はもう鍵を閉めなくなっていると教えなかったのか？　すべてが按配《あんばい》され、作られ、わざとらしい。すべてが演出され、なにひとつ率直でない。あるいは別の言い方で、すべてが技巧、この場合はサスペンスを長びかせる技巧、さらに言えば、できるだけ長く興奮状態にとどまる技巧だと言っていいかもしれない。

## 11

ドゥノンには、T夫人の肉体的な外見のどんな描写も見られない。けれども、私には一つだけ確かだと思われることがある。彼女がほっそりとしていることはありえない、ということだ。私は彼女が「円《まろ》やかで柔らかな体つき」（ラクロはこのような言葉で『危険な関係』のもっとも男好きする女の体を特徴づけている）で、その体の円やかさが、動きと身振りの円やかさと緩やかさとを生むのだと推測する。無為の心地よさが彼女から発散される。彼女は緩やかさの知恵をもち、あらゆる緩徐の技術を駆使する。彼女はとりわけ、あずま屋で過ごした夜の、第二段階のあいだにそのことを示す。ふたりはなかにはいり、接吻し、長椅子に倒れこんでまじわる。しかし、「これらすべてのことが、すこし急だった。私たちは自分たちの過ちを感じた。（……）あまりにも激しすぎると、濃《こま》やかでなくなる。快楽に先立つすべての喜びの見分けもつかなくなって、快楽に走ってしまうのだ」

心地よい緩やかさを失わせる性急さを過ちだったと、ふたりともただちに感じとる。

だが私は、T夫人がそのことに驚いたとは思わない。むしろ、彼女はその過ちを避けられない必然だと知って、予期していた。だからこそ彼女は、新たな環境の第三段階がやってきたなら、すばらしい緩やかさのなかで、ふたりの情事が十全に花開くべく、あずま屋での間奏曲をリタルダンド［だんだん緩やかにの意］のように計画し、事態の予測・予定された速さを抑え、殺したのだ。

彼女はあずま屋でのまじわりを中断し、騎士といっしょにそとに出る。ふたたび彼と散歩し、芝生のあいだのベンチにすわって会話を再開し、それから彼を城の、アパルトマンに隣接した秘密の小部屋につれてゆく。かつて、その小部屋を愛の魔法の殿堂に改装したのは夫だった。入口に立つ騎士は、ずっと唖然としたままだ。すべての壁を覆っている鏡は彼らの像をいくつにもし、その結果、突然、ふたりのまわりで無数のカップルたちが接吻することになる。だが、ふたりがまじわるのはそこではない。T夫人は、あまりにも強烈な官能の炸裂《さくれつ》をさまたげ、できるだけ興奮の時間をひきのばそうとするかのように、となりの部屋の、闇に沈み、すっかりクッションで飾られた洞穴に彼をつれてゆく。そこでやっと、ふたりはまじわる、長ながと緩やかに、夜が明けるまで。

T夫人はふたりの夜の流れを緩やかにし、たがいに区別されるさまざまな部分に分けることによって、時の微細な経過を出現させ、それがみごとな小建築、形式として彼らにあたえられる。持続に形式を刻みつけること、それは美の要請だが、また記憶の要請でもある。なぜなら、不定形のものは捉えがたく、記憶しがたいから。ふたりの夜は明日がないままでなければならず、思い出のなかでしか繰りかえしえないのだから、その出会いを一つの形式として構想することは、彼らにはとりわけ大切だったのだ。

緩やかさと記憶、速さと忘却のあいだには、ひそかな関係がある。ある男が道を歩いているという、これ以上ないほど平凡な状況を想起してみよう。突然、彼はなにかを思い出そうとするが、思い出せない。そのとき、彼は機械的に足取りを緩める。逆に、経験したばかりの辛《つら》い事故を忘れようとする者は、時間的にはまだあまりにも近すぎるものから急いで遠ざかりたいとでもいうように、知らぬ間に歩調を速める。

実存の数学では、そのような経験は二つの基本的な方程式の形式をとる。すなわち、緩やかさの度合いは記憶の強度に直接比例し、速さの度合いは忘却の強度に直接比例する、と。

## 12

ヴィヴァン・ドゥノンが生きているあいだ、彼が『明日はない』の作者だと知っていたのはたぶん、事情に通じた小さな集団だけだった。謎が世間一般にとって（たぶん）決定的に取りのぞかれるのは、彼の死後ずいぶん経《た》ってからにすぎない。だから、彼の短編小説の運命は奇妙に、小説が語っている物語に似ている。その運命は秘事、秘密厳守、韜晦、匿名性の薄暗がりに覆われていたのである。

版画家、デッサン画家、外交官、旅行家、美術品の目利き、サロンの花形といったふうに、傑出した経歴の人物だったドゥノンは、その短編小説の著作権をいちども要求しなかった。彼が名声を拒否したからではない。そうではなく、当時の名声は今日とは別のことを意味していたからだ。彼が関心をもち、気を惹《ひ》きたいと願っていた読者は、今日の作家がねらうような未知の大衆ではなく、彼が個人的に知り、尊敬することができた人たちの小さな集まりだった。読者のもとで博した成功によってひきおこされる喜びは、彼が精彩を放っていたサロンでまわりに集まってくる何人かの聴衆のまえで覚えることができた喜びと、そんなには違っていなかった。

写真術の発明のあとの名声と、まえの名声とがある。十四世紀チェコのヴァーツラフ王はプラハの旅籠《はたご》に通い、身分を隠して庶民の者たちと話をするのを楽しんだ。彼には権力、名声、自由があった。イギリスのチャールズ皇太子にはどんな権力も、どんな自由もないが、とてつもない名声がある。原始林のなかに行っても、地下十七階の掩蔽壕《えんぺいごう》に隠された浴槽にいても、彼を追いかけ、彼の正体を見抜く眼からのがれられない。名声が彼の自由をすっかり貪り食らったので、いまの彼は知っている。今日、ただまるで無自覚な者たちだけが、名声というぼろピアノを背後にひきずって歩くことに、好んで同意できるのだ、と。

読者は、性質が変わったのだとしても、名声はどのみち何人かの特権的な者たちにしかかかわらないと言うかもしれない。それは間違っている。なぜなら、名声はただ有名人だけではなく、だれにでもかかわるからだ。今日、有名人たちは雑誌のページ、テレビの画面などに登場し、ひとびとの想像力に侵入してくる。そしてひとびとは、たとえ夢想のなかだけでも、そのような名声（居酒屋に通っていたヴァーツラフ王の名声ではなく、地下十七階の浴槽に隠れるチャールズ皇太子の名声）の対象になる可能性に心を奪われている。その可能性は影のように各人につきまとい、各人の生活の性格を変えるのだ。なぜなら（そしてこれが実存の数学の、よく知られたもう一つの基本的な定義なのだが)、たとえこのうえなくありそうもない可能性だろうと、実存のもつどんな新しい可能性でも、実存全体を変質させてしまうのだから。

# 13

知識人ベルクが高校の級友で、そのころに恋心を抱いた（が、空振りに終わった）イマキュラタなる女からしかけられ、耐え忍ばねばならなかった最近の苦労のことを知ったなら、ポントヴァンもきっと、あれほどまでベルクに意地悪にならなくなるかもしれない。

ある日のこと、イマキュラタはテレビ画面で、黒人の少女の顔のハエを追いはらっているベルクの姿を二十年ぶりに見た。そのことが一種の天啓のように思えた。あたしはずっと彼を愛していたんだ、と彼女は即座に理解した。彼女はその日のうちに手紙を書き、昔のふたりの「無垢《むく》な愛」に言及した。しかしベルクは、自分の愛が無垢どころか、ひどく淫らなもので、彼女に手厳しく撥《は》ねつけられたとき、屈辱感を覚えたのを完全に覚えていた。またそれが理由で、両親のお手伝いをしていたポルトガル人女性の、いささか滑稽な名前に着想を得て、彼女に「汚れなき女、イマキュラタ」という皮肉で悲しげなあだ名をつけたのだった。彼は彼女の手紙に色よい反応を示さず（奇妙なことだが、二十年後になっても、彼は昔の敗北をすっかり水に流していたわけではなかった)、結局返事を出さずじまいだった。

彼女はその沈黙に取り乱し、つぎの手紙で、彼が彼女に書いた驚くべき数の恋文のことを思い出すように言ってきた。その一つのなかで、彼は彼女を「ぼくの夢を掻《か》き乱す夜の鳥」と呼んだのだという。ずっと忘れていたその文句は、彼には耐えがたいほど愚かに思え、そんな文句を思い出させるなど不作法千万だとみなした。のちに彼のもとに届いた噂《うわさ》で、彼がテレビに出演するたびに、彼が一度も汚したことがないその女が、かつて夢を掻き乱し、眠れなくしてやったあの有名なベルクの無垢な愛について、どこかの夕食の席でしゃべっているらしいことがわかった。彼は自分が裸で無防備なのを感じ、生まれてはじめて、無名になりたいという激しい願望を覚えた。

三通目の手紙で、彼女は頼み事をしてきた。自分のためでなく、ある病院で大変ひどい治療をされた、かわいそうな近所の女のためだった。その女は麻酔の失敗のために死にそうになったばかりでなく、わずかの損害賠償さえも拒否されている。あなたがアフリカの子供たちの面倒をじつによくみておられるのなら、自分の国の普通のひとびとにも関心をもてることを示されたらいかがですか、たとえそれがテレビでいい恰好《かっこう》をするどんな機会ももたらさなくても、というのだ。

それから今度は、その女みずからイマキュラタの名を引きあいに出して書いてきた。

「……あなたさまは覚えていらっしゃるでしょう、きみはぼくの夜を掻き乱す無垢な処女だとお書きになった、あの少女のことを」こんなことがあっていいのか⁉　こんなことがあっていいのか⁉　ベルクはアパルトマンの端から端まで走りながら叫び、どなった。彼はその手紙を引き裂き、唾を吐きかけて、ごみ箱に捨てた。

ある日、彼はテレビ局の部長から、さる女性ディレクターが彼のポートレートを中心とした番組を制作したがっていると知らされた。そのとき彼はいまいましく感じながら、テレビでいい恰好をしたがる彼の願望に関する、例の皮肉な指摘を思い出した。なぜなら、彼を収録したがっていたその女性ディレクターこそ夜の鳥ご自身、イマキュラタそのひとだったから！　それは厄介な状況だった。彼について番組をつくってくれるという申し出は、原則として願ったりかなったりだった。彼はいつも、自分の人生を芸術作品に変えたがっていたから。だが、そのときまで、その作品が喜劇のジャンルに属するものになるなどとは思ってもみなかったのだ！　突如明らかになったその危険をまえに、彼はイマキュラタを自分の生活からできるだけ遠くに置いておきたいと願い、自分のように若輩で、さして重要でもない人間には時期尚早だから、その計画を延期してくれるように部長に頼んだ（部長は彼の謙虚さにすっかり仰天してしまった）。

# 14

この話は、グジャールのアパルトマンの壁をすっかり覆っている書架のおかげで、私が幸運にも知った、もうひとつの、別の話を思い出させる。あるとき私が自分の憂鬱を訴えると、彼はみずからの手で「無意識的ユーモアの傑作」と記載した本棚を示し、いたずらっぽい微笑を浮かべながら一冊の本を取りだした。それは、もし読者がまだニクソン大統領の補佐官、アメリカとヴェトナムのあいだの平和の立案者として、当時もっとも有名だった政治家の名前を覚えておられるとしての話だが、あのキッシンジャーへの愛について、パリのある女性ジャーナリストが一九七二年に書いた本だった。

その話はこうだ。彼女はまずある雑誌のため、つぎにテレビのために、ワシントンでキッシンジャーに会ってインタヴューした。ふたりは何度も会ったが、厳密に職業的な関係をこえることはけっしてなかった。番組の打ち合せのための一、二回の夕食、ホワイトハウスの執務室、彼の私邸への単独の、それからスタッフに取りかこまれての何度かの訪問。キッシンジャーは徐々に彼女が嫌いになる。彼はだまされやすい人間ではなく、ことの真相がなんたるかを知っている。そして、彼女を遠ざけておくために、権力が女性にたいしておよぼす魅惑や、私生活をすっかり断念しなければならない彼の職務について、雄弁な考察を展開してみせる。

彼女は感動的な誠実さで、そんな逃げ口上をいちいち報告しているのだが、しかし、ふたりが運命によって結びついているのだという、彼女の揺るがぬ信念を見れば、その程度のことではくじけなかった。彼が慎重で、警戒心を見せる？　そんなことに驚く必要はない。彼が以前に知った嫌な女たちについてどう考えてやるべきか、あたしは知っている。あたしがどれだけ彼を愛しているか理解するときには、彼も不安を払拭し、用心深さを捨て去るにきまっている。ああ、彼女はどれほど自分自身の愛の純粋さを確信していることか！　彼女は誓ってもよかった。これはいささかもあたしのエロチックな妄想なんかではないのだ、と。「性的には、彼に会っても私は無関心のままだった」と彼女は書き、（奇妙な母性的サディズムを見せながら）何度もくりかえしている。彼は着こなしが下手だ。彼はハンサムでない。彼は女の趣味が悪い。「恋人にしても、彼はきっとつまらない男にちがいない」と彼女は判断するのだが、だからこそますます恋しくなるのだと言い張る。彼女にはふたりの子供があり、彼にもやはり子供がふたりいる。そこで彼がなにも知らないのに、彼女は南仏のコートダジュールでヴァカンスをいっしょに過ごそうと計画し、そうすればキッシンジャーの子供たちも、楽しくフランス語が勉強できると悦に入っている。

ある日、彼女は撮影関係者の一隊を送り込んで、キッシンジャーのアパルトマンを撮影させるが、彼はもう我慢できなくなり、彼らを邪魔者の群れのように追い払ってしまう。別のとき、彼は彼女を執務室に呼び出し、異常なくらい厳しく冷たい声で、彼女の意味ありげなふるまいかたには、もう耐えられないと言う。まず、彼女は絶望の極に達した。しかし、たちまちこう自分に言い聞かせはじめる。間違いない。あたしは政治的に危険人物だと思われているんだ。そこでキッシンジャーは、もうあたしと付き合ってはならないという指令を防諜《ぼうちょう》機関から受け取ったんだわ。あたしたちがいるこの執務室には、盗聴器がいっぱい仕掛けられているんだし、それを彼は知っているんだ。だから、あんな信じられないほど残酷な文句、あれだってあたしじゃなくて、盗聴している見えない警察官に向けられていたんだわ。彼女は、寛大で悲しそうな微笑を浮かべて彼を見る。彼女には、この場面は悲劇的な（これは彼女がしょっちゅう使う形容詞だ）美に照らされているように見えた。しかたなく厭味《いやみ》な言葉を浴びせかけたけど、彼はそれと同時に、眼であたしに愛の言葉を語っているんだ。

グジャールは笑ったが、私はこう言った。恋する女の夢想のかげに透けて見える、現実の状況の明白な真実は、彼が思うほど重要ではない。それは卑俗で散文的な真実にすぎず、もっと高尚で、時間に抗する別の真実、すなわち〈書物〉という真実のまえでは色あせてしまうのだ。アイドルとの最初の出会いのときすでに、その書物は眼に見えないまま、ふたりのあいだの小さなテーブルのうえに君臨していたのであり、その瞬間から、それは彼女の冒険の秘められた、無意識の目的になったのだ。書物？　なにをするために？　キッシンジャーのポートレートを描くため？　いや、とんでもない、彼女には彼について語るべきことなど、まったくなにもなかったのだ！　彼女に関心があったのは、彼女自身についての真実だった。彼女はキッシンジャーなど欲してはいなかった。まして彼の体など欲していなかった（「恋人にしても、彼はきっとつまらない男にちがいない」）。彼女は自分の我欲を拡大させ、自分の人生の狭い輪のそとに出して輝かせ、光に変えてやりたかったのだ。彼女にとってキッシンジャーは、神話的な動物、やがて天翔《あまかけ》る大いなる飛翔のために彼女の我欲が跨《また》がる、翼をもった馬だったのだ。

「馬鹿な女だよ」と、グジャールは素っ気なく結論をくだし、私の立派な説明をせせら笑う。

「とんでもない」と私は言う。「証人たちは彼女の知性を確認している。あれは愚行でもなんでもなかったんだ。彼女には選ばれたという確信があったんだよ」

## 15

選ばれた、というのは神学的な概念であり、それはなんの美点もないのに、超自然的な裁き、神の気まぐれではないにしろ、自由な意志によって、ひとがなにかしら例外的で異常なもののために選定されたことを意味する。聖人たちが、このうえなく残虐な責め苦に耐える力を汲《く》みとったのは、そのような信念からである。神学的な諸概念は、まるでそれ自身のパロディーのように、私たちの陳腐な生活のなかにも反映される。私たち各人は、あまりにも平凡な生活の低俗さに（多少なりとも）苦しみ、そこからのがれて自己を高めたいと願う。私たち各人は、自分こそそのような高まりにふさわしく、その高まりのために予定され、選ばれているのだという（多少なりとも強い）幻想を知っている。

選ばれたという感情は、たとえばどんな恋愛関係のなかにも存在する。なぜなら、愛は定義上、当然受けるべき贈り物としてあるのではないからだ。なんの美点もないのに愛されること、それは真の愛の証拠でさえある。もしある女に、あなたは聡明《そうめい》だから、正直だから、贈り物を買ってくれるから、女漁《あさ》りをしないから、皿洗いをしてくれるから、あなたを愛していると言われたら、私はがっかりする。そんな愛には、なにかしら欲得ずくのところがある。それよりも、あなたは聡明でも正直でもなく、嘘《うそ》つきで、エゴイストで、卑怯《ひきょう》だけど、わたしはあなたに夢中、と言われるのを聞くほうが、どれだけすばらしいことか。

人間が選ばれたという幻想をはじめて知るのは、乳児としてであり、それはなんの美点もないのにあたえられ、だからこそますます激しく要求する母親の世話のおかげである。教育は乳児からそのような幻想を取り除き、人生においてはすべてのものに報いがあるのだと理解させる。だが、しばしば遅すぎることがある。読者はきっと、十歳の小娘が仲間に自分の意志を押しつけたがり、理屈に困ると突然、説明しがたいほど傲慢に、大声でこう言うのを見たことがあるだろう。「だって、このあたしがそう言うんだから」、あるいは「だって、このあたしがそうしたいんだから」彼女は自分を選ばれた人間だと感じているのだ。しかしある日、彼女が「だって、このあたしがそうしたいんだから」と言っても、まわりの者たちはどっと笑ってしまうことだろう。自分が選ばれた人間だと望む者は、その選定を証明し、自分が一般の俗人には属していないのだと自分自身に信じこませ、他人たちに信じこませるのに、なにができるだろうか?

そこに、写真術の発明に基づいたこの時代が、スターたち、舞踏家《ダンサー》たち、有名人たちを伴って援助に駆けつけてくれる。彼らのイメージは広大なスクリーンに映しだされ、遠くからみんなに見え、みんなに憧れられるけれども、みんなには近づきがたい。選ばれた人間だと思う者は、有名人に熱愛を集中することによって、異常なものへの帰属と同時に通常なもの、つまり具体的には彼（彼女）がともに生きることを強いられている隣人たち、同僚たち、パートナーたちとの距離を公然と表明する。

その結果、有名人たちは給排水施設、社会保障、保険、精神科病院と同じ公共設備になってしまった。ただし、彼らが有益なのはただ、真に近づきがたいという条件にとどまる場合においてのみである。ある者がだれか有名な人間との直接の個人的関係によって、みずからの選定を確認したがるとき、その者はキッシンジャーに恋した女と同じように、追い払われかねない。そのように追い払われることを、神学の用語では堕罪という。だからこそ、キッシンジャーに恋した女は、本のなかではっきりと、そして正当にも、みずからの悲劇的な愛について語るのだ。というのも、彼女をせせら笑うグジャールには悪いけれども、堕罪は当然ながら悲劇的なものだから。

ベルクに恋しているのを理解するまで、イマキュラタは大多数の女と同じような生活を送っていた。何回かの結婚、何回かの離婚、いつも変わらないが静かで、ほとんど心地よいといってもいい幻滅をもたらす何人かの愛人たち。彼女のもっとも新しい愛人は、ことのほか彼女を熱愛している。彼女がその愛人を他の愛人たちより許せるのは、彼の従順さだけでなく、有益さのせいでもあった。彼はカメラマンで、彼女がテレビの仕事をするようになったとき、たいそう役に立ってくれた。彼女よりすこし年上だが、彼女を熱愛する永遠の学生、といった趣があった。彼は彼女をあらゆる女のなかでもっとも美しく、聡明で、そして（とりわけ）感受性豊かな女だと思っている。

最愛の女の感受性は、彼にはドイツロマン派の画家の風景のように見える。想像できないほどねじ曲がった形の木々が点在し、その上方遥《はる》かに青い空、神の住処《すみか》がある。その風景のなかに入るたびに、彼はひざまずき、まるで神の奇跡を目の当たりにしたように、そのままじっとしていたいという気になるのを抑えきれない。

# 16

ホールは徐々に埋め尽くされる。多くのフランスの昆虫学者にまじって数人の外国人がいて、そのなかに六十歳ぐらいのチェコ人がひとりいる。彼は新体制の重要人物、たぶん大臣か科学アカデミーの会長、あるいはすくなくともそのアカデミーに所属する研究者だと言われている。いずれにしろ、たんなる好奇の点から言っても、この集まりのなかでもっとも興味深い人物だ(共産主義が時間の闇のなかに消えさったあと、彼は〈歴史〉の新時代の代表者なのだ)。それなのに、おしゃべりする人波のなかで、彼はのっぽで、ぎこちなく、ひとりぼっちだ。しばらくまえから、ひとびとが駆け寄ってきては握手し、いくつか質問をするが、議論はかならず、彼らが予期していたよりずっとはやく終わってしまった。彼らは二言三言、言葉をかわすと、もうなにを話していいのかわからなくなった。というのも、結局のところ、彼には共通の話題がなかったからだ。フランス人たちはそそくさと自分たちの問題にもどってしまうので、彼は彼らのあとについてゆこうとし、ときどき「逆にわたしたちのところでは」と言い足してみた。しかしゃがて、だれも「逆にわたしたちのところで」起こっていることに興味がないのを理解して遠ざかった、不快でも不幸でもなく、冷静でほとんど寛大な物悲しさで顔を曇らせながら。

他の者たちがバーをそなえたホールを騒々しく埋め尽くしているあいだに、彼はひとけのない部屋のなかにはいる。そこには、正方形に並べられた四つの長いテーブルが研究発表会の開会を待っている。ドアのそばに、招待者のリストの置いてある小テーブルがあって、彼と同じように取り残されたように見えるお嬢さんがいる。彼はお嬢さんのほうに身をかがめて自分の名前を言う。お嬢さんはさらに二度その名前を発音させる。彼女もさすがに三度目は気がひけ、きこえた音に似ているらしい名前をリストからあてずっぽうに捜す。

チェコの学者は父親のような愛想のよさでリストのうえに身をかがめ、自分の名前を見つけ、CECHORIPSKYというその名前のうえに人差指をおく。

「ああ、セコリピさんですか？　と彼女が言う。

——これはチェ・コ・リープス・キ、と発音しなければならないんです。

——ああ、とってもむずかしい！

——それに、これは正しく書いてないのです」と、学者が言う。彼はテーブルのうえに見える万年筆を取って、アクサン・シルコンフレックスを逆さにしたようなちいさな記号［ˇ］をCとRのうえに描いてやる。

案内嬢はその記号を眺め、学者を眺めて溜《た》め息をつき、「ずいぶんややこしいこと！

――そうじゃなく、きわめて簡単なんですよ。

――簡単？

――ヤン・フス〔ボヘミア（現在のチェコ）の教会改革者。一三七〇頃―一四一五〕をご存じですか？」

案内嬢がすばやく招待者リストに眼をやると、チェコの学者はあわてて説明する。

「ご存じのとおり、彼は教会の偉大な改革者でした。ルターの先駆者です。ご存じのとおり、神聖ローマ帝国ではじめて創設された大学、カレル大学の教授です。しかし、あなたがご存じないのは、ヤン・フスはそれと同時に正書法の偉大な革新者でもあったことです。彼は正書法を単純化するのに見事に成功したのです。チ（tch）と発音されるものを書くには、どうしてもt、c、hの三つの文字を使わざるをえません。ドイツ人にいたってはt、s、c、hと四つの文字さえ必要なのです。それなのに、ヤン・フスのおかげで、わたしたち、わたしたちにはたった一つ、cで充分、そのうえにこのちいさな記号を加えてやればいいのです」

学者はもういちど案内嬢のテーブルにかがみこんで、招待者リストの余白にとても大きくCと書き、そのうえに逆さのアクサン・シルコンフレックスをČとつけくわえる。それから彼女の眼を見て、澄んで、とてもはっきりした声で「チ！」と発音する。

案内嬢のほうも彼の眼を見てくりかえす。「チ。

——そう、完璧です！

——本当にとっても便利。ルターの改革があなたの国でしか知られていないのは残念ですね。

——ヤン・フスの改革は……」と、学者はフランス女性の失言がきこえなかったふりをして言う。「……まったく知られないままだったわけではありません。それが用いられている別の国もあるのです……ご存じでしょう？

——いいえ。

——リトアニアです！

——リトアニア」と、案内嬢はくりかえし、その国が世界のどこにあるのかと、空《むな》しく記憶をたどる。

「それに、ラトビアでもです。わたしたちチェコ人が文字のうえのこのちいさな記号を、どうしてそんなにも誇りにしているのか、これでおわかりでしょう。（微笑を浮かべ）わたしたちにはなんだって裏切る覚悟があります。しかしこの記号のためなら、わたしたちはわたしたちの血の最後の一滴を流すまで闘いぬくことでしょう」

彼はお嬢さんにお辞儀をしてから、四角形に並べられたテーブルのほうにむかう。それぞれの椅子のまえに、ちいさな名札がある。彼は自分の名札を見つけて長ながと眺め、それから名札を指のあいだに挟み、悲しげだが大目に見るような微笑を浮かべながら、案内嬢に見せにやってくる。

そのあいだにも、別の昆虫学者が入口のテーブルのまえで立ちどまり、案内嬢が自分の名前の横にばつ印をつけてくれるのを待っている。彼女はチェコの学者を見て言う。

「しばらくお待ちください、シピキさん！」

彼のほうは、まるでこう言っているような寛仁な身振りをする。お嬢さん、心配しないでください、わたしは急いでいませんので。彼は忍耐強く、ひとをほろりとさせる謙虚さで、テーブルの脇で待っている（さらに別のふたりの昆虫学者がそこに立ちどまっていたのだ）。やがて案内嬢がやっと暇になると、彼はちいさな名札を見せる。

「ごらんなさい、面白いでしょう?」

彼女は眺めるが、ほとんどなにもわからない。「でも、シェニピキさん、ちゃんとアクセント記号がありますよ！

——そうです、でもこれは普通のアクサン・シルコンフレックスです！ 逆にするのを忘れたんですよ！ しかも、どこに付いているか見てください！ EとOのうえですよ！ Cêchôripsky!

——あ、そう、おっしゃるとおりだわ！」と、案内嬢は憤慨する。

「わたしは思うんです、とチェコの学者はだんだん悲しげになって言う。どうしていつもこれを忘れてしまうのかと。じつに詩的なものですよ、逆向きのアクサン・シルコンフレックスというのは！　そう思いませんか？　飛んでいる鳥たちのようです！　羽を広げた鳩《はと》たちのようです！　（とても優しい声になって）あるいは、蝶《ちょう》たちのようです」

そして彼はふたたびテーブルに身をかがめて万年筆を取り、名札の名前のつづり字の［＾］を［ˇ］に訂正する。まるで弁解でもするように、なんとも謙虚にそうしてから、やがて一言も言わずに立ちさる。

案内嬢は、のっぽで奇妙に不恰好な彼が去ってゆくのを眺め、突然、母親のような情愛にあふれるのを感じる。彼女は一つの逆向きのアクサン・シルコンフレックスが、蝶のようにその学者のまわりを飛び、ついに彼のふさふさとした白髪のうえにとまるのを想像する。

チェコの学者が自分の椅子のほうにむかいながら振りかえると、案内嬢の感動した微笑が見える。彼はその微笑に自分自身の微笑でこたえ、途中でさらに三度微笑を送る。それは悲しげだが、しかし誇らしい微笑だ。悲しげな誇らしさ。このチェコの学者をそんなふうに定義してもよいかもしれない。

彼が名前のうえのアクセント記号の位置がちがっているのを見て悲しそうになったことは、だれでも理解できるだろう。でも彼は、どこから誇りをひきだしていたのだろうか?

## 17

彼の伝記の主要なデータはつぎのようなものである。一九六八年のロシア人の侵攻の一年後、彼は昆虫学研究所を追われ、建設作業員として働かねばならなくなった。そしてそれが、一九八九年の占領終了時まで、つまりほぼ二十年間つづいた。

とはいえ、アメリカ、フランス、スペインなどいたるところで、職を失う者たちは何百、何千と恒常的にいるではないか? 彼らはそのことに苦しむが、そこからどんな誇りもひきだしはしない。なぜチェコの学者が誇らしいのに、彼らは誇らしくないのか?

それは彼が経済的ではなく、政治的な理由で職場を追われたからだ。

そうかもしれない。しかしこの場合でも、なぜ経済的な理由によってひきおこされた不幸のほうがより深刻でない、もしくは尊敬に値しないのか説明しなければならない。

みずからの政治的意見のせいで職を失った者が自慢できるのに、上司の不興を買って解雇された人間は恥ずかしさを感じなければならない、それはなぜなのか？

経済的な解雇では、解雇された者は受け身の役割を演じ、その態度には感嘆すべきどんな勇気もないからだ。

これは自明に見えるが、そうではない。なぜなら一九六八年、ロシア軍がことのほかひどい体制を国に据えつけたあと、職場を追われたチェコの学者もまた、どんな勇敢な行為もおこなわなかったのだから。彼は研究所の専門部門の主任として、ハエにしか関心がなかった。ある日、十人ほどの有名な反体制活動家たちが、不意に彼の研究室に駆け込んできて、なかば非合法の集会を開くのにひとつの部屋を使わせてくれるよう求めた。彼らはモラルの柔道の規則にしたがって行動した。つまり、いきなりやってきて、彼ら自身が観察者の小グループを形成したのだ。予期していなかったその対決は、学者をすっかり困惑させた。「よろしい」と言えば、ただちに厄介な危険を招くことになる。自分の職場を失い、三人の子供たちは大学を退学になるだろう。しかし、初めから彼の臆病さを嘲弄している、そのちいさな観客たちに「いやだ」と言うほどの勇気はなかった。そこで彼はついに同意して、自分自身、自分の優柔不断、弱さ、ひとの言いなりになる意志薄弱に軽蔑をおぼえた。だから、正確に言うなら、その後、彼が職場を、彼の子供たちが学校を追われたのは、彼の卑劣さのせいだったのだ。

もしそうなら、いったいどうして、彼が自分を誇らしく感じるのか？

時間がたつにつれ、彼は反体制活動家たちへの嫌悪を忘れ、あのときの「よろしい」という言葉を自由で意志的な行為、嫌われていた権力にたいする個人的な反抗の表現だったと思うようになった。その結果、彼は自分が〈歴史〉の大舞台にのぼった者の一員だと信じ、その確信から誇りをくみとっているのである。

しかし、いつの時代にも、数知れぬ政治的な対立に巻き込まれ、したがって〈歴史〉の大舞台にのぼった数知れぬ人間たちが、自分を誇らしく感じているのも事実ではなかろうか？

私は自説をもっと正確に述べねばならない。チェコの学者の誇りは、ありきたりのときではなく、まさに照明をあてられているときに、〈歴史〉の舞台にのぼったのだという事実によっている。照明をあてられた〈歴史〉の舞台は、〈地球規模の歴史ニュース〉と呼ばれる。一九六八年のプラハはスポットライトに照らされ、カメラに観察されて、典型的な〈地球規模の歴史ニュース〉になった。だからこそ、チェコの学者は今日でもまだ、その接吻を額に感じたのを誇りにしているのである。

しかし、大きな貿易交渉、世界の大国のサミット会議、それらもまた重要なニュースであり、やはり照明をあてられ、撮影され、解説される。ではどうして、それらがその立役者たちに、同じ感動的な誇りの感情を呼び覚まさないのだろうか？

ここで私は急いで最後の説明をする。チェコの学者はありきたりの〈地球規模の歴史ニュース〉ではなく、〈崇高〉など呼ばれる〈地球規模の歴史ニュース〉の恩寵《おんちょう》にふれたのだ。人間が舞台の前面で苦しんでいるいっぽうで、舞台裏では銃撃戦の音がパチパチと鳴り響き、死の大天使が上空を舞うとき、〈ニュース〉が〈崇高〉になるのである。

そこで最終的な文句はこうである。チェコの学者は〈地球規模の崇高な歴史ニュース〉の恩寵にふれたことが誇らしいのだ、と。彼はその恩寵によって会場にいっしょにいる、あらゆるノルウェー人やデンマーク人、あらゆるフランス人やイギリス人と自分はちがうことを知っているのだ。

# 18

司会席のテーブルには発言者たちが交代に登場する席があるが、彼はその発言者たちの話をきいていない。彼は自分の順番を待ち、ときどきポケットにはいっている、五枚ばかりの短い研究発表の原稿にさわっている。その発表がさしてすばらしいものでないことは、彼にもわかっている。二十年間も科学的な仕事から遠ざけられていたので、彼はただ、若い研究者だった時代に発見し、記述し、〈ムスカ・プラゲンシス〉と命名したハエの新種について公表していたものを要約することしかできなかったからだ。やがて、司会者が彼の名前を意味しているとおぼしいシラブルを口にしたのがきこえて、彼は立ちあがり、発言者用の席にむかう。

その移動の二十秒のあいだに、予期しないことが起こる。彼は感動に抗しきれなくなるのだ。ああ、わたしはずいぶん長い年月のあと、わたしが尊敬し、わたしを尊敬してくれるひとびとのあいだに、わたしに近しい学者たちのあいだに、わたしが運命によってひきはなされたこの環境に、またもどったのだ。彼は自分のすわるべき空席のまえで立ちどまるが、すわらない。彼は一度ぐらい自分の感情に従い、素直になって、自分の感じていることを見知らぬ同僚たちに言ってみたくなる。

「親愛なる紳士淑女のみなさん、わたし自身も予期していなかったのに、いま、わたしを不意に襲った感動について語ることをお許しください。わたしが、わたしと同じ問題について考察し、わたしと同じ情熱に駆りたてられているひとびとの集まりでふたたび発言できるのは、ほぼ二十年ぶりなのであります。わたしは、ひとりの人間が自分の思っていることを公言しただけで、みずからの人生の意味を剝奪されることもあった国からやってきました。というのも、ひとりの科学者にとって、人生の意味とはみずからの科学にほかならないからであります。ご存じのように、一九六八年の悲劇的な夏のあと、わたしの国の何万もの人間、すべてのインテリゲンチャは職を追われました。ほんの半年まえまで、わたしは建設作業員として働いていたのです。いや、それはなんら屈辱的なものではありません。ひとはそこで多くのことを学び、素朴で立派なひとびとの友情を勝ち得ます。さらにまた、わたしたち科学者は特権者だということも理解するのです。なぜなら、自分の情熱でもある仕事をすること、それは特権だからであります。そうなのです、みなさん、それはわたしの建設作業員の仲間たちが一度も経験したことのない特権なのです。情熱をもって梁《はり》を運ぶなど不可能なことですから。二十年間拒まれていたそんな特権、わたしはふたたびそれを手にし、夢心地になっているようです。親愛なるみなさん、そのことが、なぜわたしがいま、このときを、真の祝祭のように生きているかを説明してくれるのです。たとえ、わたしにとってこの祝祭が、やはりどこか悲しげなものだとしても」

この最後の言葉を発したとき、彼は眼に涙がのぼってくるのを感じる。それですこし当惑し、老人になってからたえず感動し、なにかといえば涙ぐんでいた父親の面影が浮かんできたが、しかしやがて思う。一度ぐらい成り行きに任せたっていいじゃないか。このひとたちだって、わたしがプラハからのささやかな贈り物として差し出すこの感動を、きっと光栄に感じてくれるにちがいない。

彼は間違っていなかった。聴衆たちもまた、感動しているのだ。彼が最後の言葉を発すると、ベルクがすぐに立ちあがって拍手する。たちまちテレビカメラが現れ、ベルクの顔、拍手する手を撮影し、チェコの学者も撮影する。会場にいた者たち全員が、ゆっくりと、あるいはすばやく、にこやかに、あるいは深刻な顔をして立ちあがり、みんなが手を叩《たた》く。それがじつに彼らの気にいったので、いつやめていいのかわからない。そしてのっぽで、とてものっぽで、ぎこちないくらいのっぽのチェコの学者は、そんな彼らのまえで立ちつくしたままだ。彼の背丈からぎこちなさの風情が漂えば漂うほど、彼は感動的になり、また自分でも自分に感動し、その結果、涙が慎ましく瞼《まぶた》のしたに隠れていなくなって、同僚たち全員が見ているまえで、鼻のまわり、口のほう、顎のほうに堂々と落ちてくる。同僚たちはさらに強く、できるだけ強く拍手しだす。

やっと熱烈な喝采も弱まり、ひとびとがすわりなおすと、チェコの学者はふるえ声で言う。「ありがとうございました。みなさん、心から感謝いたします」彼はおじぎをして、自分の席にむかう。そして、いま自分は生涯で最高の瞬間、栄光――そう栄光だ。どうしてこの言葉を口にしないわけにゆこう、――栄光の瞬間を生きているのを知る。彼は自分を偉大で美しく、荘厳だと感じて、椅子にむかう自分の歩みが長く、けっして終わらないことを願う。

# 19

彼が自分の椅子にむかっていたとき、会場は沈黙が支配していた。たぶん、さまざまな沈黙が支配していたと言ったほうがよいかもしれないが、チェコの学者はただひとつの、感動の沈黙しか判別できなかった。彼には、ある調から別の調にソナタを移行させるかすかな転調のように、感動の沈黙が徐々に当惑の沈黙に転じていったのが理解できなかった。舌がもつれそうになる名前の紳士が自分自身に感動するあまり、新しいハエの発見について教えてくれるはずだった発表を読み忘れているのが、みんなにわかっていたのだ。しかしみんなは、そんなことを彼に注意してやるのも無礼だと知っていた。長くためらったあと、研究発表会の司会者が咳《せき》払いして言う。「ありがとうございました。チェコシピさん……（と、しばらく黙って、その招待学者に思い出す最後の機会をあたえる）……それでは、つぎの発表者の方どうぞ」そのとき沈黙は、会場の奥のほうの、押し殺した笑い声によってしばし中断される。

自分の考えに沈んでいたチェコの学者には、その笑い声も同僚の発表もきこえない。

他の発表者たちが次々に入れ代わり、やがて彼と同じようにハエを専門にしているベルギーの学者が登場すると、彼はやっと沈思黙考から引き離される。ああ、わたし、わたしは自分の研究発表をするのを忘れていた！　彼がポケットに手をいれると、夢ではない証拠に、五枚の原稿がちゃんとある。

頰がかっとなり、彼は自分の滑稽さを感じる。まだなにかを救えるだろうか？　いや、彼にはまったくなにも救えないのがわかっている。

恥ずかしい思いでしばらく過ごしたあと、ある不思議な考えが浮かんできて、彼をなぐさめる。たしかに、わたしは滑稽だったかもしれない。しかし、あれには否定的なこと、恥ずべき、もしくは不快なことなどなにもないのだ。たまたまわたしがおちいったあの滑稽さは、わたしの人生に固有の悲しさをいやまし、わたしの運命をさらに悲しくする、したがってもっと偉大で美しくしてくれるのだ。

いや、誇りがこのチェコの学者の悲しみを見捨てることなどけっしてないのだ。

# 20

あらゆる集会には落伍者《らくご》がいるもので、彼らはとなりの部屋に集まって、なにかを飲んでいる。昆虫学者たちの話をきくのに飽き、チェコの学者の奇妙なパフォーマンスも充分には楽しめなかったヴァンサンは、ホールのバーのそばの長いテーブルのまわりに、他の落伍者たちといっしょにいる。

かなり長い沈黙のあと、彼は見知らぬひとびととの会話に加わるのに成功する。「ぼくには乱暴にふるまってほしいという、ガールフレンドがいるんですよ」

そのように言うのがポントヴァンだったら、そこでちいさな間《ま》をおき、そのあいだに聞き手がみな注意深い沈黙におちいる。ヴァンサンも同じような間をおこうとし、そしてじっさい、笑い、大きな笑いがわきおこるのがきこえる。彼はそれに励まされて、眼を輝かせ、聞き手を落ちつかせる手振りをする。しかし、ちょうどそのとき、彼ら全員がテーブルの反対側をむいて、たがいに鳥の名前を投げつけあうふたりの紳士の口論を面白がっているのを確かめる。

一、二分後、彼はもう一度話をきいてもらうのに成功する。「乱暴にふるまってほしいというガールフレンドがいるって話をしていたんですが」今度はみんな彼の話をきいている。そこでヴァンサンは、もう二度と間をおくという間違いをしでかさない。まるで追いかけてきて、話の腰を折ろうとする人間のまえから逃れたいとでもいうように、彼はだんだん早口で話す。「でも、ぼくにはできないんですよ。ぼくって、ほら、あまりにも繊細すぎるから」その言葉への答えに、彼は自分から笑いだすが、その笑いが反響を呼ばないのを確かめると、あわてて話しつづけ、さらに早口になる。「ぼくのところに若いタイピストがよく来るんです。ぼくが口述筆記させていると……

——彼女はコンピューターを使うんですか？」と、突然興味を抱いた男がたずねる。

ヴァンサンが答えて、「そうです。

——どんな機種です？」

ヴァンサンがある機種の名前を言う。男は別の機種をもっていて、とんでもない悪戯をするようになったそのコンピューターのせいで経験させられた、いろんな話をしだす。みんなが冗談を言い、何度も爆笑する。

そこでヴァンサンは、かねてからの自分の考えを悲しく思い出す。ひとはいつも、人間の運不運は多少なりとも外見、顔の美醜、背丈、髪の毛、もしくは髪の毛の欠如によって決定されると思っている。しかしそれは間違いで、声こそがすべてを決するのだ、と。そしてヴァンサンの声は弱く、あまりに甲高い。彼が話しだしても、だれも気づかず、そのために無理に大きな声を出さねばならなくなる。するとみんなは、まるで彼が叫んでいるような印象を抱く。逆にポントヴァンは静かに話すが、その低い声はよく響き、快く、美しく、力強い。その結果、みんな彼にしか耳を傾けないのだ。

ああ、忌ま忌ましいポントヴァン。彼は仲間全員とともにこの学会についてくると約束していたのに、行動よりも言葉に惹かれる彼の性格に忠実に、やがて関心をもたなくなってしまった。ヴァンサンはがっかりするいっぽうで、それだけにますます先生の命令を裏切ってはならないとも感じた。出発の前日、先生は彼にこう言ったのだった。「きみにぼくらの代表になってもらわなくちゃならない。ぼくはきみに、ぼくらの名において、ぼくらの共同の大義のために行動する全権をあたえるよ」もちろん、それはおどけた命令だったが、〈カフェ・ガスコン〉の仲間たちは、私たちの世界のようにくだらない世界では、おどけた命令だけが服従に値するのだと確信している。その場面のことを思い出しているヴァンサンには、繊細なポントヴァンの頭の横にいて、うなずきながら微笑しているマシューの巨大な口が見える。彼はその使命とその微笑に支えられて、行動しようと決心する。彼はまわりを見わたし、バーを取り囲んでいるひとびとの群れのなかに、好みの娘がいるのを認める。

# 21

昆虫学者というのは奇妙な連中だ。せっかく若い娘がこのうえなく熱心に彼らの話に耳を傾けて、必要なときには笑い、彼らが深刻そうなそぶりを見せるときには深刻な様子になってくれるのに、その娘の存在を無視するのだ。明らかに、彼女はここに出席しているどの人間も知らず、だれにも注目されないその熱心な反応は、おびえた心を隠している。ヴァンサンはテーブルから立ちあがり、娘のいる人だかりに近づいて声をかける。まもなくふたりは他の者たちから離れ、最初から、気安く埒《らち》もない会話に没頭する。彼女はジュリーという名前のタイピストで、昆虫学会の会長のためにアルバイトをしている。午後から暇になったので、その機会を利用して、この有名な城で、自分をおじけづかせるが、好奇心をそそりもするひとたちのあいだで一夕を過ごすことにした。彼女は昨日まで、ひとりの昆虫学者にも会ったことがなかったからだ。ヴァンサンは彼女といっしょだと気分がよく、声を高くしなければならないこともない。それどころか、他人たちにきかれないように、声を低くする。それから彼は、体をくっつけてすわれるような、ちいさいテーブルのほうに彼女をつれていって、手を彼女の手のうえにおく。

「そうなんだ、と彼は言う。すべては声の力にかかっているんだよ。それは、いい顔をしているより、ずっと大事なことなんだ。

——あなたの声ってきれいだわ。

——そう思う？

——うん、そう思う。

——でも、弱々しいんだ。

——そこが気持ちいいのよ。でもあたし、あたしって年取ったカラスみたいに、うるさくて耳ざわりな、ひどい声なの。あなた、そう思わない？

——いや、思わないな、とヴァンサンはやさしげに言う。ぼくはきみの声が好きだな。きみの声って挑発的で不遜《ふそん》だから。

——あなた、そんなふうに思うわけ？

——きみの声はきみのようなのさ！　とヴァンサンはいとしそうに言う。きみ自身も不遜で挑発的なんだよ！」

ジュリーはヴァンサンが言ってくれることをきくのが嬉しくなって、「そう、あたしもそう思う。

——この連中って、馬鹿ばっかりだ」と、ヴァンサンが言う。

彼女もまったく同意見だ。「ほんとに。

――目立ちたがり屋だよ。ブルジョワだよ。きみ、ベルクを見たかい？　なんという間抜けなんだ！」

彼女もまったく賛成だ。その連中が彼女にたいして、まるっきり無視するようなふるまいをしたので、彼らに不利にきこえることならなんでも、彼女を喜ばせるのだ。彼女は復讐をしてもらったように感じ、だんだんヴァンサンに好感がもてそうな気がしてくる。このひとって、ハンサムで、楽しくて、気さくな男の子だわ。ぜんぜん目立ちたがり屋なんかじゃないんだもの。

「ぼくは、とヴァンサンが言う。ここで大混乱をひきおこしてやりたいんだ……」

その言葉が心持ちよく響く、まるで暴動の約束のように。ジュリーは微笑む。彼女は拍手したくなる。

「きみにウィスキーをとってきてあげよう！」と彼は言って、ホールの反対の端にあるバーのほうへゆく。

# 22

そのあいだに、司会者が研究発表会を閉会にし、参加者たちは騒々しく会場を離れ、たちまちホールはいっぱいになる。ベルクはチェコの学者に近づく。「私はとても感動しましたよ、あなたの……」と言って、彼はわざとためらい、そのチェコ人が口にした言説のジャンルを形容するのがいかに難しいか感じさせる。「……あなたの……証言に。私たちはあまりにもはやく忘れてしまいがちです。私はあなたがたのところで起こっていたことに、きわめて心を痛めていたと断言してかまわないと思います。ヨーロッパ自体にはみずからを誇るべき理由はさして多くないのに、あなたがたはそのヨーロッパの誇りだったのです」

チェコの学者は謙虚さを示そうと、なんとなく抗議のそぶりをしてみせる。

「いや、抗議なさらないでください、とベルクはつづける。私はどうしても言っておきたいんです。あなたがた、まさしくあなたがたの国の知識人たちは、共産主義の圧政にたいする粘り強い抵抗を表明されることによって、私たちがじつにしばしば失ってしまう勇気を発揮されたのです。あなたがたは自由への渇望を、さらには自由の雄々しささえも示されたからこそ、私たちにとって従うべき模範になられたのです。それに」と、彼は自分の言葉に親しみのタッチ、馴《な》れ合いのしるしをあたえようとして、つけくわえる。「ブダペストは生き生きとした、すばらしい都市ですね。そして強調させていただけるなら、まったくヨーロッパ的な都市ですね。

——プラハ、とおっしゃりたいのでは？」と、チェコの学者はおずおずと言う。

ああ、いまいましい地理め！　ベルクは地理のせいで、ささいな間違いをしでかしたことを知り、相手の機転のきかなさへの苛立ちを抑えながら言う。「もちろん、プラハのことです。しかしまた、クラクフのことです。ソフィアのことです。サンクト・ペテルブルクのことです。私が考えるのは、巨大な強制収容所から出たばかりの、東側のそれらすべての都市のことなのです。

——強制収容所などとは言わないでください。わたしたちはしばしば職場を失いはしましたが、収容所にいたわけではないのですから。

——ねえ、あなた、東側のすべての国は収容所に覆われていたんですよ！　現実の収容所だろうと、象徴的な収容所だろうと、そんなことは大した問題じゃないんです！

——それから、東側などとは言わないでください、とチェコの学者は反論しつづける。ご承知のように、プラハはパリと同じほど西洋の都市なのです。十四世紀に創立されたカレル大学は、神聖ローマ帝国の最初の大学でした。ご承知のように、ルターの先駆者、〈教会〉と正書法の偉大な改革者ヤン・フスは、そこで教鞭《きょうべん》をとっていたのです」

どんなハエに刺されて、このチェコのハエ学者はこんなにかっかとしているのか？彼は相手の言葉を訂正するのをやめず、そのために相手は、なんとか声にぬくもりだけは保っているものの、かっとなる。「親愛なるご同輩、なにも東側の出身であることを恥じなくてもいいんですよ。フランスは東側にこのうえない共感を抱いています。あなたがたの十九世紀の亡命のことを考えてください！

——十九世紀には、わたしたちのところに亡命などありませんでしたが。

——じゃあ、ミツキエヴィチ［ポーランドの詩人。一七九八—一八五五。一八三二年、フランスに亡命］はどうなんです？　彼がフランスに第二の祖国をみつけたのを、私は誇らしく思っているんですよ！

——でも、ちがいます、ミツキエヴィチは……」と、チェコの学者は反論しつづける。

そのとき、イマキュラタが場面に登場する。彼女はカメラマンにむかって、とてもエネルギッシュな身振りをしてから、さっと手を動かしてチェコ人を遠ざけ、みずからベルクのそばに陣取って言葉をかける。「ジャック＝アラン・ベルク……」

カメラマンはカメラを肩にかつぐ。「ちょっと待って！」

イマキュラタは話を中断し、カメラマンを、そしてもう一度ベルクを見て、「ジャック＝アラン・ベルク……」

## 23

一時間まえ、研究発表会の会場でイマキュラタとそのカメラマンを見たとき、ベルクは怒りのあまり叫びだしそうになると思った。しかし今は、チェコの学者によってひきおこされた苛立ちが、イマキュラタによってひきおこされた苛立ちに打ち勝っている。異国の衒学《げんがく》者を厄介払いしてくれたことに感謝して、彼はあいまいな微笑さえ彼女に投げかける。

勇気をえた彼女は快活で、これみよがしに親しげな声で話す。「ジャック＝アラン・ベルク、運命の偶然によって一員になっておられる家族ともいうべき、昆虫学者たちのこの集まりで、あなたは感動にみちたひと時を経験されたところですが……」そして彼女は、彼の口にマイクを押しつける。

ベルクはまるで生徒のように答える。「そうなんです。私たちはひとりの偉大なチェコの学者を仲間に迎えることができました。その学者は自分の仕事に専念できず、ずっと監獄で生活しなければならなかったんです。私たちはみな彼の出席に感動しました」

舞踏家（ダンサー）であることは、たんなる情熱ではなく、それはまた、もう二度と離れられない道でもある。エイズ患者たちとの昼食会のあと、デュベルクに屈辱をうけたとき、ベルクは虚栄心の過剰によってソマリアに行ったのではなく、しくじったダンスのステップの取り返しをしなければならないと感じたからだった。このとき、彼は自分の台詞がさえないと感じ、なにかが、ちょっとした塩味、予想外の思いつき、不意打ちが欠けていることを知る。だから彼は中断せず、遠くからもっとよい着想が近づいてくるのが見えるまで話しつづける。「そこで私はこの機会を利用し、フランス＝チェコ昆虫学協会を創設するという提案をみなさんにお知らせするのです（この思いつきには彼自身も驚き、ただちに気分がよくなるのを感じる）。この件に関しては、今しがたプラハの同僚とも話したところなんです（と、彼はチェコの学者のほうにあいまいな身振りをしてみせる）。その協会を前世紀の偉大な亡命詩人の名前で飾るという考えに、彼はとても嬉しいと賛意を表してくれました。それは、私たち両国民の友好を永遠に象徴するものとなることでしょう。その名前こそミツキエヴィチ、アダム・ミツキエヴィチです。この詩人の一生は、詩であれ科学であれ、私たちがすることはすべて反抗だと思い出させてくれる、教訓のようなものです（「反抗」という言葉によって、彼は決定的に絶好調になった）。なぜなら、人間はつねに反抗的だからです（今や彼は真に立派になり、そのことを自分でも知っている）、そうですよね、わが友人（と彼がチェコの学者のほうを振り向くと、チェコの学者がたちまちカメラのフレームのなかに現れ、まるで〈そうだ〉と言いたいようにうなずく）、あなたはそのことを、あなたの人生、あなたの犠牲、あなたの苦しみによって示されました。そうです、あなたはこのことを私に確認してくださるでしょう。その名に値する人間ならつねに反抗している、圧政にたいして反抗しているのだということを。そしてたとえ圧政がなくなるとしても……（彼は長い間《ま》をおく。ただポントヴァンだけがこれほど長く、これほど効果的な間をおくことができる。やがて、小声になって）……私たちが選んだわけではない人間の条件にたいする反抗をしているのだということを」

　私たちが選んだわけではない人間の条件にたいする反抗。彼の即興演説の精華である、この最後の文句は彼自身をも驚かせた。しかもこれは本当に美しい文句であり、その文句は彼を突然、政治家の説教などからとても遠くのところに連れてゆき、彼の国のもっとも偉大な精神の持ち主たちと一体化させる。もしかして、カミュならこんな文句を書いたかもしれないな。マルロー、あるいはサルトルだって。

　イマキュラタは嬉しそうにカメラマンに合図し、カメラがとまる。

　そのとき、チェコの学者がベルクに近づいて言う。「とてもご立派でした、本当にとてもご立派でした。しかし、言わせてもらえるなら、ミツキエヴィチは……」

　公開のパフォーマンスのあとも、ベルクはあいかわらず酔ったようになっている。そこで彼は、騒々しく愚弄するような、きっぱりとした声で、チェコの学者の言葉をさえぎる。「知っていますよ、親愛なるご同輩、あなたと同じように私も知っていますよ、ミツキエヴィチは昆虫学者じゃないってことをね。なるほど、詩人が昆虫学者になるというのは、めったにないことです。しかし、そのようなハンディキャップにもかかわらず、詩人は人類全体の誇りなのです。そしてこう言ってよろしければ、あなたご自身をふくむ昆虫学者もその人類の一部なんですよ」

気分をほぐす大笑いが、まるで長く押しとどめられていた蒸気のように爆発する。じっさい、自分自身に感動したこの紳士が、研究発表をするのを忘れていたと理解してからというもの、昆虫学者たちは全員笑いたがっていたのだ。彼らはベルクのぶしつけな言葉によって、やっとふんぎりがつき、嬉しさを隠すことなく、大いに笑い興じた。

チェコの学者は狼狽《ろうばい》した。わずか二分たらずまえに同輩たちが表明してくれた尊敬は、いったいどこに行ってしまったのか？　どうして彼らは笑えるのか、失礼もかえりみずに笑えるのか？　ひとはそんなにも簡単に、讃美《さんび》から軽蔑に移ることができるのか？（もちろんだとも、わが友よ、もちろんだとも）それでは、共感はそんなにも脆《もろ》く、頼りないものなのか？（もちろんだとも、わが友よ、もちろんだとも）

ちょうどそのとき、イマキュラタがベルクに近づく。彼女はまるでほろ酔いかげんのような高い声で話す。「ベルク、ベルク、あなたって素敵よ！　いかにもあなたらしいわ！　ああ、あたし、あなたの皮肉が大好きなの！　それに、あなたはその皮肉で、このあたしを苦しめたことがあったじゃない！　リセのこと思い出す？　ベルク、ベルク、あたしのことイマキュラタって呼んだのを覚えている！　あなたの眠りをさまたげる夜の鳥だって！　だれがあなたの夢を掻き乱したのよ！　あたしたち、いっしょに番組を、あなたのポートレートの番組を作らなくちゃ。あなた、それを作る権利はあたしにしかないって認めてくれなくちゃならないわ」

チェコの学者に完敗をくらわせた褒美として、昆虫学者たちがあたえてくれた笑い声がずっとベルクの頭のなかで鳴り響き、彼を有頂天にさせている。このようなときには、絶大な自己満足が彼をみたし、大胆不敵なまでに率直な行為ができるようになって、しばしば彼自身でさえぎくりとすることがある。だから、彼がしかかっていることについては、あらかじめ彼を許してやろう。彼はイマキュラタの腕をとり、無遠慮な者たちにきかれないように脇につれてゆき、それから小声で彼女に言う。「おいぼれ売女《ばいた》め、おまえの近所の病人どもといっしょに、さっさと消え失せろ、さっさと消え失せろ、夜の鳥め、夜の案山子《かかし》め、夜の悪夢め、おれの愚行の幽霊め、おれの馬鹿さ加減の記念物め、おれの思い出の汚物め、おれの青春の悪臭を放つ小便め……」

彼女は彼の言葉をきくが、自分にきこえることが本当にきこえるのだとは信じたくない。彼がそんな恐ろしい言葉をだれか別のひとのために、足跡をかき消し、聴衆を欺くために言っているのだと思う。その言葉は策略にすぎず、自分には理解さえできないのだと思う。だから彼女はやさしく、無邪気にたずねる。「あなた、どうしてそんなことを言うの？　どうして？　あたしは、どのように理解したらいいのかしら？

——おまえはおれの言うことをそのまま理解しなきゃならないんだよ！　言葉どおり！　言葉どおりにだ！　売女を売女として、厄介者を厄介者として、悪夢を悪夢として、小便を小便としてだ！」

# 24

そのあいだずっと、ヴァンサンはホールのバーから彼の軽蔑の標的を観察していた。その場面全体が十メートルほど離れたところで展開しているのに、彼にはなにも理解できなかった。とはいえ、ひとつのことだけは明白だと思えた。ベルクは、ポントヴァンがいつも描いていたように、つまりマス・メディアの道化、大根役者、目立ちたがり屋、舞踏家《ダンサー》に見えたのだ。疑いもなく、ただ彼が出席するからというだけで、テレビチームが昆虫学者たちに興味をもってくれたんだ！　ヴァンサンは注意深く観察しながら、カメラから眼を離さない態度、いつも他人の先頭に位置する巧妙さ、手のちょっとした動きで自分に注意を惹きつけるときの優雅さなど、彼の舞踏の技法を研究していた。ベルクがイマキュラタの腕をとった瞬間に、彼はもう我慢できなくなって叫ぶ。「あいつを見ろ、あいつが興味のあるたったひとつのこと、それはテレビ局の女だけなんだ！　あいつは外国の同僚の腕なんかとらなかったじゃないか。あいつは同僚なんかなんとも思っちゃいないんだ、とくに外国人の場合には。テレビだけなんだ、あいつのたったひとりの主人、たったひとりの愛人、たったひとりの同棲《どうせい》相手は。なぜって、はっきり言って、あいつは世界で最高の腑抜《ふぬ》けだからなんだ！」

奇妙なことに、今度ばかりは彼の声は、そのぶざまな弱々しさにもかかわらず、完璧に聞き取られる。じっさい、どんな弱い声でも聞かれる状況がひとつある。それは、その声が私たちを苛立たせる意見を吐くときだ。ヴァンサンは自分の考察を展開する。彼は才気煥発《かんぱつ》で辛辣だ。彼は舞踏家たちについて、舞踏家たちが〈天使〉と結んだ契約について話す。だんだん自分の雄弁に満足し、さながら天に通じる階段を昇るように、誇張をつりあげてゆく。三つ揃《ぞろ》いの背広を着て眼鏡をかけたひとりの青年が、彼の話に耳を傾け、まるで獲物を待ち伏せる野獣のように、根気よく観察している。やがて、ヴァンサンの雄弁が尽きると、彼は言う。

「ねえ、あなた、私たちは生まれてきた時代を選べないんですよ。そして私たちはみんなカメラの眼差しのしたで生きているんです。それはもう人間の条件の一部になってしまっているんですよ。戦争をするときでさえ、私たちはテレビカメラの眼のもとでするんです。また、なんであれ、なにかに抗議したいとき、テレビカメラなしには、私たちはなかなか言うことをきいてもらえないんです。私たちはみんな舞踏家なんです、あなたのおっしゃる意味でね。私はこうも言いたい、私たちは舞踏家であるか、落伍者であるかのどちらかなんだ、と。ねえ、あなた、あなたは時代が進んでゆくのを残念に思っていらっしゃるようですね。じゃあ、あとにもどったらいいでしょう！　十二世紀なんてどうです？　しかし、そこにもどったらもどったで、あなたはきっとカテドラルに抗議し、それを現代の野蛮だとおっしゃるでしょうね！　じゃあ、もっと遠くにもどってみなさい！　猿の仲間たちにでももどってみなさいよ！　そこでは、どんな現代的なものもあなたを脅かさないでしょう。そこでなら、やっと寛げるでしょう、尾長猿たちの無垢な天国でね！」

痛烈な攻撃にたいして痛烈な返答をみつけられないほど屈辱的なことはない。ヴァンサンはいわく言いがたい困惑におちいり、嘲笑を浴びながら、意気地なくひきさがる。彼は一分ほど茫然《ぼうぜん》自失したあと、ジュリーが待っていることを思い出す。彼は口をつけないまま手にもっていたグラスを一気に飲み干し、それからそのグラスをバーのカウンターに置いて、別のウィスキーグラスを二つ、一つは自分のため、もう一つはジュリーにもってゆくためにとる。

# 25

三つ揃いの男のイメージが刺《とげ》のように心に突きささったまま、彼には払いのけられない。このとき女を誘惑しようとしているので、そのことがますます辛くなる。しかし、痛い刺で頭がいっぱいになっているときに、どうすれば女を誘惑できるのか？

彼女は彼の不機嫌に気づいて、「いままでずっと、どこに行っていたの？　あたし、もうもどってこないんじゃないかって思っていたわ。あなたがあたしを厄介払いしたかったんだって」

彼には彼女が自分に執心しているのがわかり、刺によってひきおこされた痛みもいくらかやわらぐ。彼は改めて魅力を発揮しようとするが、彼女は疑惑をとかない。

「いいかげんな話はよして。さっきから、あなた変わってしまっているわ。だれか知り合いのひとに会ったんでしょう？

――ちがう、ちがう、とヴァンサンが言う。

――そうよ、きっとそう。女のひとに会ったんでしょう。だったらどうぞ、いっしょに行きたいんなら、行っていいのよ。三十分まえには、あたし、あなたなんて知らなかったのよ。だから、最初から知らなかったことにだってできるわ」

彼女はだんだん悲しそうになる。そして男にとって、自分が女にひきおこした悲しみほどありがたい慰めはない。

「ちがう、信じてくれよ、どんな女にも会っていない。厄介な奴が、暗い感じの大馬鹿がひとりいてね、ぼくはそいつと喧嘩《けんか》したんだよ。それだけ、それだけさ」と言って、心をこめてやさしく彼女の頬を愛撫すると、彼女は疑いをもつのをやめる。

「でも、やっぱり、ヴァンサン、あなたすっかり変わってしまっている。

――おいで」と彼は言って、いっしょにバーについてくるように誘う。彼はウィスキーの奔流によって、心の刺をひきぬきたいのだ。三つ揃いの伊達《だて》男は、他の何人かとともに、あいかわらずそこにいる。その男の周辺にはひとりの女もいなく、そのことがジュリーをつれているヴァンサンの気分をよくする。たちまちジュリーが、いっそうきれいに見えてくる。彼はさらに二つウィスキーグラスを取って、一つを彼女にさしだし、もう一つをすばやく飲んでから、彼女のほうに体をかがめて、「あそこの、あの三つ揃いの、眼鏡をかけた大馬鹿を見てごらん。

――あのひと？　だって、ヴァンサン、あのひとは問題外、まったく問題外よ、どうしてあんなひとなんか気にするの？

——きみの言うとおりだ。あいつはモテない奴だ。インポだ。きんたまがないんだ」とヴァンサンは言う。すると、ジュリーの存在が自分を敗北から遠ざけてくれるような気がしてくる。なんていったって、真の勝利、価値のある唯一の勝利とは、さえない昆虫学者たちの反エロス的な環境のなかで、あっと言う間に女をひっかけ、ものにしてみせることなんだから。

「問題外、まったく問題外、問題外だってば、とジュリーはくりかえす。

——きみの言うとおりだ、とヴァンサンが言う。あんな奴にかかずらっていたら、ぼくまで同じくらい大馬鹿になる」そして彼は、そのバーのそばで、みんなのまえで彼女の口にキスする。

　それが最初のキスだった。

　ふたりは庭園に出て散歩し、立ちどまってふたたびキスする。やがてふたりは芝生のうえのベンチを見つけてすわる。遠くから川のざわめきがきこえてくる。ふたりはすっかりわれを忘れているが、それがなにによってなのか知らない。だが、私は知っている。彼らはT夫人の川、T夫人が過ごした愛の夜の川の音をきいているのだ。時間という井戸から、快楽の世紀がヴァンサンに秘かなあいさつを送っている。

　そして彼は、まるでそれを感じたかのように、「昔、こういう城で乱痴気騒ぎをやっていたんだ。十八世紀だ、知っているだろう。サド。サド侯爵。『閨房《けいぼう》哲学』。きみはあの本を知っている？

――いいえ。

――知っておかなくちゃ。今度貸してあげよう。それは乱痴気騒ぎのさなかの、ふたりの男とふたりの女の会話なんだ。

――うん、と彼女は言う。

――四人とも裸で、四人でセックスしている最中なんだ。

――うん。

――それって、きみの気にいるかもしれないな？

――わからない」と、彼女は言う。しかし、この「わからない」は拒否ではない。それは、模範的な謙虚さのもつ感動的な率直さなのだ。

刺をひきぬくのは、そうやさしいことではない。痛みをこらえ、押し殺して、もう考えないふりをすることはできるが、そんなふうに見せかけること自体が努力になる。ヴァンサンがじつに熱っぽくサドとサドの乱痴気騒ぎの話をするのは、ジュリーを堕落させたいからというより、三つ揃いの伊達男に加えられた侮辱を忘れるためなのだ。

「気にいるとも。きみ自身よくわかっているんだよ、と彼は言い、彼女を抱きしめてキスする。それが好きになるかもしれないって、きみ自身とてもよくわかっているんだよ」そして彼は、できれば、『閨房哲学』と呼ばれるその本で知っている、多くの金言を引用し、多くの状況を物語ってやりたいと思う。

　やがて、ふたりは立ちあがり、散歩をつづける。葉むらのそとに大きな月が出ている。魔法にかけられたようになる。白い光がその娘に妖精のような美しさをあたえている。彼をびっくりさせる美しさ、当初の彼女には見ていなかった新たな美しさ、繊細で、か弱く、貞淑で、近づきがたい美しさ。そして突然、自分でもどうしてそんなことになったのかわからないまま、彼は彼女の尻の穴を想像する。いきなり、不意に、そのイメージが現れ、彼はもう払いのけられなくなる。

　ああ、気分をほぐす尻の穴！　そのおかげで、三つ揃いの伊達男は（やっと、やっと！）完全に消えさった。何杯ものウィスキーグラスが成功しなかったことを、尻の穴が一瞬のうちに成し遂げてしまったのだ！　ヴァンサンはジュリーを抱きしめてキスし、胸を撫《な》でまわして、妖精のような彼女の美しさにじっと見いる。そして、そのあいだも、たえず彼女の尻の穴を想像する。彼は無性に彼女に言ってみたくてたまらなくなる。「ぼくはきみの胸を撫でまわしている。だけど、ぼくにはきみの尻の穴のことしか考えられないんだ」しかし、彼にはその勇気はない。口から言葉が出てこないのだ。彼が彼女の尻の穴のことを考えれば考えるほど、ジュリーはますます白く、透明で、天使のように見えてきて、大声でその言葉を口にすることができない。

# 26

ヴェラは眠っている。私は開かれた窓のまえに立って、月の夜に城の庭園を散歩しているふたりの人物を眺めている。

突然、ヴェラの呼吸が速くなるのがきこえ、私は彼女のベッドのほうを振りかえり、いまにも彼女が叫びだしそうなのを理解する。これまで彼女が悪夢にうなされるのを一度も見たことがないのだ！　この城では、いったいなにが起こっているのか？

私が起こしてやると、彼女は怯《おび》えきり、眼を大きく開けて私を見る。やがて彼女は、まるで熱の発作に見舞われたように、急いで話す。「わたしはこのホテルのとても長い廊下にいたの。突然、遠くからひとりの男が現れ、わたしのほうに走ってきたの。その男が十メートルほどのところに来たとき、叫びだしたの。しかも、想像してみて、彼がチェコ語を話したのよ！　まったく馬鹿馬鹿しい文句を言っているの。『ミツキエヴィチはチェコ人じゃない！　ミツキエヴィチはポーランド人なのだ！』って言うのよ。それから彼は脅迫するみたいに、わたしから数歩のところまで近づいてきたのよ。そして、そこであなたがわたしを起こしてくれたの。

——許してくれ、と私は彼女に言う。きみはぼくの駄作の犠牲者なんだよ。

——どういうこと、それ？

——きみの夢はまるで、ぼくがあまりにも愚かすぎるページを捨てたゴミ箱みたいだったんだ。

——あなた、なにをでっち上げているの？　小説？」と、彼女は不安そうにたずねる。

私はうなずく。

「あなたはよく、いつか、真面目な言葉が一つとしてないような小説を書きたいと言っていたわね。『きみを喜ばせるための大いなる愚行』とかなんとかといった。そのときがやって来たんじゃないかって、わたし心配なの。だけど、ひとつだけ言っておくわ。気をつけなさいよ、って」

私はさらに深くうなずく。

「あなた、お母さんがよく言っていたことを覚えている？　わたしにはまるで昨日のことのようにきこえるわ。ミランク、悪ふざけをするのはおやめ。だれもおまえのことなんか理解してくれないんだよ。おまえはみんなを傷つけ、そしてみんながおまえを憎むようになるんだよ。あなた覚えている？

——覚えているよ、と私は言う。

——言っておくわ。あなたは真面目だったから、これまでは無事だったのよ。真面目さをなくすと、あなたは狼《おおかみ》たちのまえに丸裸で立つことになるわ。そして、あなたも知っているでしょう、彼ら狼たちはそれを待ち受けているのを」

その恐ろしい予言のあと、彼女はふたたび寝いってしまった。

# 27

チェコの学者が落ち込み、傷ついた心をいだいて自分の部屋にもどったのは、ほぼそのころだった。彼の耳にはずっと、ベルクの痛烈な皮肉が爆発させた笑いが鳴り響いている。だから彼は、あいかわらず狼狽したままだった。ひとは本当に、あんなにも軽々と讃美から軽蔑に移れるものなのか？

じっさい、と私は自問する。彼の額のうえになされた〈地球規模の崇高な歴史ニュース〉の接吻は、いったいどこに消えたのか？

〈ニュース〉の追従者たちはつぎの点で間違う。彼らは〈歴史〉が舞台にのせる〈ニュース〉は、ごく最初の時期しか照明をあてられないことを知らない。どんな出来事もそれがつづくあいだずっとニュース性があるのでなく、ごく当初のきわめて短い期間ニュース性があるにすぎないのだ。何百万人ものひとびとが熱心に眺めていた、瀕死のソマリアの子供たちはもう死ななくなっているのか？　彼らはどうなったのか？　太ったのか、痩せたのか？　ソマリアはまだ存在しているのか？　とどのつまり、ソマリアはかって存在したのか？

　ひとが現代史を語る、その語りかたは、ベートーヴェンの百三十八の作品を一気に、ただしそれぞれの作品の最初の八小節だけを演奏してみせる大コンサートに似ている。同じコンサートを十年後にすると、ひとはコンサートのあいだ、それぞれの作品の最初の音を、したがって唯一の旋律のように提示される百三十八の音を演奏することになるだろう。そして二十年後には、ベートーヴェンのすべての音楽は、唯一のきわめて長く鋭い音、ベートーヴェンが難聴になった最初の日にきいた無限の、とても高い音に似た音に要約されてしまうことだろう。

　チェコの学者は悲しみに沈んでいる。すると、まるで一種の慰めのように、みんなが忘れたがっている建設現場での英雄的な労働の時代について、自分は物質的で具体的な思い出、つまりこの素晴らしい筋肉をもっているのだという考えが浮かんできた。彼の顔には満足げな微笑がちらりと表れる。というのも、ここに出席している者たちのだれひとり、これほどの筋肉をもっていないのを確信していたから。

　そう、読者が信じようと信じまいと、そのあきらかに笑うべき考えが、本当に彼の気分をよくするのだ。彼は上着を脱ぎ捨てて、床のうえに腹這《はらば》いになる。そして、腕で自分の体をもちあげる。彼はその腕立て伏せの運動を二十六回おこない、自分に満足する。仕事のあと、建設現場の仲間たちといっしょに、工事場のうしろの小さな池に泳ぎにいった時代を思い出す。じつを言えば、彼は今日この城にいるより、あのときのほうが百倍も幸福だったのだ。労働者たちは彼をアインシュタインと呼んで、愛してくれたものだ。

するとホテルの美しいプールに泳ぎにいってやろうかという、軽薄な（彼はその軽薄さを理解するが、それをかえって喜びさえする）考えが浮かんだ。彼は快活で、まったく意識的な虚栄心から、気取って頭でっかちの、とどのつまりは不実な、この国のひ弱なインテリどもに、自分の肉体を見せつけてやりたくなる。さいわい、プラハから海水パンツをもってきていた（彼はどこにでもそれをもって歩くのだ）。彼はその海水パンツを急いではいて、半裸の自分を鏡に映してみる。腕を曲げると、見事に力こぶができる。「もしだれかが、わたしの過去を否定したいというなら、ここにわたしの筋肉が、文句のつけられない証拠としてあるのだ！」彼は自分の肉体がプールのまわりを散歩し、フランス人たちに、肉体の完璧さというごく基本的な価値が存在すること、自分は自慢できるのに、彼らには考えもおよばない完璧さが存在することを見せてやる様を想像する。やがて彼は、ホテルの廊下を半裸で歩くのはいささか場違いだと思い、アンダーシャツを着る。しかし、足の問題が残る。そのまま素足でいるのは、靴をはくのと同じくらい適切でないように思える。そこで彼は、靴下だけをはいておこうと決心する。彼はそんな服装でもう一度自分の姿を鏡に映してみる。ふたたび彼の悲しみは誇らしさと結びつき、彼は新たに自信をもてそうな気がしてくる。

# 28

尻の穴。それを別様に、たとえばギヨーム・アポリネールのように、きみの体の九番目の門と言ってもいいかもしれない。女性の体の九つの門に関する彼の詩には、二つの版がある。最初のものは、彼が一九一五年五月十一日に塹壕《ざんごう》で書いた手紙で、恋人のルーに送った。もう一つは同じ年の九月二十一日、同じ場所から別の恋人のマドレーヌに送った。いずれも美しい詩だが、その想像力によって異なっている。だが、同じような方法で作られている。それぞれの詩節は、最愛のひとの体の九つの門の一つに捧げられている。つまり一つの眼、もう一つの眼、一つの耳、もう一つの耳、右の鼻孔、左の鼻孔、口、それからルーあての詩では「お尻の門」、そして九番目の門の、陰門。ところが第二の、マドレーヌあての詩では、最後に門の奇妙な変化が生じている。陰門は八番目に逆行し、「二つの真珠の山のあいだ」に開いている尻の穴が九番目の門に、「他の門よりもずっと神秘的」な、「それについてはもうなにも語れない、魔法の」門、「最高の門」になるのだ。

私はこの二つの詩をへだてている四カ月と十日のことを考える。アポリネールは塹壕で過ごし、強烈なエロチスムの夢想に沈潜していたその四カ月のあいだに、このような見方の変化、このような啓示にみちびかれた。尻の穴こそ、裸の全核エネルギーが集中される奇跡の地点なのだ、と。陰門はもちろん重要だ（もちろん、だれがそれを否定しよう?）。しかしそれはあまりにも公的に重要なのであって、記録され、分類され、管理され、解説され、検査され、実験され、監視され、称賛され、讃美される場所だ。陰門とは人類がお喋《しゃべ》りしながら出会う騒々しい十字路、さまざまな世代が通過するトンネルである。万人に公開されているその場所の内密さを確信するのは、おめでたい者たちだけだ。ポルノ映画でさえもそのタブーのまえではうなだれる、真に内密な唯一の場所とは、あの最高の門、尻の穴なのだ。最高というのは、もっとも神秘的で、もっとも秘められたものだからだ。

アポリネールには砲弾が飛びかう空のしたで過ごした四カ月もの代償が必要だったこの知恵に、ヴァンサンは月の光のために白く透きとおるようにみえるジュリーとの、たった一度の散歩のあいだに到達したのだった。

# 29

ただ一つのことしか話せないのに、そのことを話せないのは辛い状況だ。言葉として発音されない尻の穴が、ヴァンサンの口のなかにさるぐつわのように残ったまま、彼は口がきけない。彼は助けを求めるように天を見上げる。すると天は彼の願いをかなえてくれる。彼に詩的な霊感をおくってくれたのだ。ヴァンサンは「見て!」と叫んで、月のほうを指さす。「あれって、天にあけられた尻の穴みたいだね!」

彼はジュリーのほうに振りかえる。透明でやさしい彼女は、にっこり笑って言う。「そうね」というのも、もう一時間まえから、彼女は彼の言うことならなんでも感心してやる気になっていたから。

彼にはその「そうね」がきこえるが、ものたりない。彼女が妖精のように貞淑そうなので、そんな彼女の口からぜひ「尻の穴」という言葉をきいてみたいのだ。彼は妖精のような口がその言葉を発するのを見てみたい。ああ、どれだけ見てみたいことか！　できればこう言ってやりたいほどだ。ぼくといっしょにくりかえしてくれ、尻の穴、尻の

穴、尻の穴って。しかし、とても言えない。そのかわり彼は、みずからの雄弁の罠にかかって、ますますメタファーのなかにはまりこんでゆく。「尻の穴から出てくる青白い光。あの光が宇宙の腸《はらわた》を充たすんだ！」そして月のほうに腕をつきだし、「前へ進め、無限の尻の穴のなかに！」

私はここで、ヴァンサンのこの即興についてすこし解説しておかざるをえない。彼はみずから告白した尻の穴という固定観念によって、十八世紀への、サドやリベルタンたちの仲間全員への愛着を現実化していると思っている。しかし彼にはその固定観念の果てまで、完全に従うほどの力がないので、そのつぎの世紀に属する、きわめて異なり、対立さえする別の遺産が助けにやってくる。言いかえれば、彼は自分のリベルタン的な美しい固定観念を抒情《じょじょう》化することによってしか、それをメタファーに換えることによってしか語れないのだ。だから彼は、リベルタンの精神をポエジーの精神の犠牲にする。そして尻の穴を女性の肉体から天に移しかえるのである。

ああ、そんな移行は嘆かわしく、見るに耐えない！　その道をたどるヴァンサンに従うのは、私には気にいらない。彼は糊《のり》のなかにおちたハエのように、自分のメタファーのなかで身動きできず、じたばたしている。彼はさらに叫ぶ。「神のカメラの眼みたいな、天の尻の穴！」

ジュリーはまるで彼の詩的な展開の枯渇を確認したかのように、ヴァンサンをさえぎり、大窓の背後の照明されたホールを手で示して言う。「もうあらかた、帰ってしまったわ」

じっさい、彼らは帰ってしまっている。テーブルのまえには、数人がぐずぐずしているだけだ。三つ揃いの伊達男はもういなくなっている。とはいえ、その不在が伊達男のことをじつに強くヴァンサンに思い出させ、彼にはふたたび、あの冷たく意地悪な声が、仲間たちの笑い声とともにきこえてくる。改めて、彼は恥ずかしくなる。どうしておれは奴のまえで、あんなに途方にくれたままでいられたのか？　あんなに情けないほど黙ったままで？　彼は伊達男を心から一掃しようとつとめるが、なかなかできず、伊達男の言葉がまたきこえてくる。「私たちはみんなカメラの眼差しのしたで生きているんです。それはもう人間の条件の一部になってしまっているんですよ……」

彼はジュリーのことをすっかり忘れ、驚いて、その二つの文句にこだわる。じつに奇妙だ。伊達男の論法は、かつておれ自身がポントヴァンに反論した考えとほとんど同じではないか。「もしあなたが公的な紛争に介入し、忌まわしいことに世の注意を喚起したいと望むなら、ぼくらの時代において、どうやって舞踏家《ダンサー》にならずに、もしくは舞踏家と見られずにいられるんですか？」

それが、おれがあれほど伊達男に狼狽させられた理由なのか？　伊達男の理屈があまりにもおれの理屈に近すぎたために、反駁《はんばく》できなかったのか？　おれたちはみんな同じ罠におちいって、足元で突然出口のない舞台に変わってしまう世界に驚かされるのか？　だから、おれが考えることと伊達男が考えることとのあいだには、なんの違いもないのか？

いや、そんな考えは耐えられない！　おれはベルクを軽蔑し、伊達男を軽蔑している、この軽蔑があらゆる判断に先立つのだ。彼は意地になってふたりをへだてる違いをとらえようとし、ついにその違いがはっきり見えるようになる。連中はみじめな愚者のように、あたえられたままの人間の条件を享受している。つまり、舞踏家であることが幸福な舞踏家たちだ。他方おれは、たとえどんな出口もないとわかっていても、この世の中への違和感を絶叫しているのだ。するとそのとき、伊達男の顔に投げつけてやるべきだった答えが心に浮かんできた。「もしカメラのしたで生きることがわれわれの条件になったのなら、おれはその条件にたいして反抗してやる。おれがそんな条件を選んだわけではないからだ！」それが答えなのだ！　彼はジュリーのほうに体をかたむけ、なんの説明もせずに言う。「ぼくらに残された唯一のこと、それはぼくらが選んだわけではない人間の条件への反抗なんだ」

ヴァンサンの突飛な文句にもう慣れていた彼女は、その文句を素敵だと思い、好戦的な調子で答える。「もちろんだわ！」そしてまるでその「反抗」という言葉によって快活なエネルギーに充たされたとでもいうように、彼女が言う。「あなたの部屋に行きましょう、ふたりで」

突然、伊達男がふたたびヴァンサンの頭から消えた。彼はその最後の言葉に驚嘆し、ジュリーを見る。

彼女もまた驚嘆している。バーのそばには、ヴァンサンに言葉をかけられるまえに、いっしょにいた者たちが何人かまだ残っている。その者たちは、まるで彼女が存在しないかのようにふるまっていた。そのことで、彼女は侮辱された。いま彼女は、不屈の堂々とした態度で彼らを見ている。もう彼らなど怖くない。彼女のまえには愛の一夜があり、その一夜を自分自身の意志、自分自身の勇気によって勝ち得たのだ。彼女は自分を豊かで、幸運で、あんなひとたち全員よりずっと強いと感じる。

彼女はヴァンサンの耳元に囁《ささや》く。「あのひとたち、みんなインポよ」彼女はそれがヴァンサンの得意な言葉だと知っているが、彼に身をまかせ、彼のものになることをわからせてやるために、その言葉を口にしたのだ。

それはまるで、彼女が彼の手に幸福の手榴弾《しゅりゅうだん》を置いてやったようなものだった。いまにも美しい尻の穴の持ち主といっしょに自分の部屋に直行することもできるのだが、しかし彼は、まるで遠くで発せられた命令に従うかのように、まずここで大混乱をひきおこしてやらねばならないと思う。彼は尻の穴のイメージ、差し迫った性交、伊達男の嘲笑の声、そしてパリの掩蔽壕からトロツキーさながら、大異変、めちゃめちゃな大暴動を指揮するポントヴァンのシルエットがいりまじる陶酔の渦にとらえられる。

「泳ごう」と、彼はジュリーに告げ、それから走って階段をおりてプールのほうにむかう。そのときプールにはひとけがなく、うえから見下ろす者には芝居の舞台のように見える。彼はワイシャツのボタンをはずす。ジュリーが彼のほうに駆けつける。「泳ごう」と彼はくりかえして、ズボンを投げ捨てる。「脱げよ！」

## 30

ベルクがイマキュラタにした恐ろしい話は小声で、口笛を吹くように発せられたので、まわりの者たちは眼のまえで展開したドラマの真の性質をとらえられなかった。イマキュラタはなにもけどられなかった。ベルクが彼女のもとを離れたとき、彼女は階段のほうにむかい、上へ昇った。自分がよろめいているのがわかったのは、ホテルの部屋に通じるひっそりとした廊下で、やっとひとりになってからにすぎなかった。

三十分後に、なにも気づかなかったカメラマンが、いっしょにとっていた部屋にはいってきて、ベッドに腹這いになっている彼女を見つけた。

「どこか具合が悪いのか?」

彼女は答えない。

彼は彼女の横にすわって、頭に手をおく。彼女はまるで蛇にさわられたみたいに、その手を振り払う。

「どこか具合が悪いのか?」

彼がさらに数回同じ質問をくりかえすと、彼女はやっと言う。「お願いだから、うがいをしてきて、あたし、口臭には我慢がならないの」

彼には口臭がなかった。彼はいつも石鹸《せっけん》で体を洗い、細心なくらい清潔にしていた。だから、彼女が嘘をついているのがわかっていたのだが、それでもおとなしく浴室に行って命じられたことをした。

イマキュラタは、口臭という思いつきを理由もなしに口走ったのではない。彼女にそんな悪意を吹きこんだのは、つい今しがたの、そしてただちに抑圧した思い出、つまりベルクの口臭の思い出だった。打ちのめされて、彼の罵詈雑言《ばりぞうごん》をきいていたとき、彼女はその口臭の発散に気をとられる状態にはなかった。彼女のなかに隠れていたひとりの観察者が、彼女にかわってその吐気を催すような臭いを心にとめ、しかもこんな明晰《めいせき》で具体的な解説までつけくわえたのだ。口が臭い男には恋人はいない。どんな恋人だって我慢ができず、口が臭いことを彼にわからせ、その欠点をなくさせるにちがいない。彼女は罵詈雑言を浴びながら、そんな沈黙の解説をきいていたのだが、それは喜ばしく、希望にみちたもののように思われた。なぜなら、ベルクが巧妙にまわりに舞わせている美しい女たちの亡霊にもかかわらず、ずっとまえから情事には無関心になっていて、彼のベッドのとなりの場所はあいているのだと知らせてくれたから。

ロマンチックであるとともに実際的な男でもあったカメラマンは、うがいをしながら、連れの女のひどい不機嫌をなおすただひとつの手は、できるだけはやく一発セックスしてやることだと思った。そこで、浴室でさっさとパジャマをきてから、覚束《おぼつか》ない足取りでもどってきて、彼女の横のベッドの端にすわった。

彼は彼女にふれる勇気がなく、もう一度言う。「どこか具合が悪いのか？」

彼女は冷酷なまでの機敏さで答える。「そんな馬鹿な文句しか言えないのなら、あなたと話してもなんにも期待できないって察しがつくわ」

彼女は立ちあがって、衣装戸棚のほうにゆく。戸棚をあけて、掛けておいたいくつかのドレスを眺める。それらのドレスが彼女をひきつけ、このまま舞台を追われてなるものかという、漠然としてはいるが強烈な欲望が心に目覚める。もう一度屈辱の現場を横切ってやりたい、自分の敗北に同意したくない、もしあれが敗北なら、それを壮大なスペクタクルに変えてやり、そのスペクタクルのあいだに自分の傷つけられた美しさを輝かせ、反抗した誇りを見せつけてやりたいという欲望が。

「なにをやっているんだ？　どこに行きたいんだ？」と彼が言う。

——そんなこと、大した問題じゃないわ。あたしにとって大事なのは、あなたといっしょにいないということなの。

——だけど言ってくれ。どこか具合が悪いのか！」

イマキュラタは自分のドレスを眺め、「六回目よ」と注意する。ここで指摘しておけば、彼女の計算は間違っていなかった。

「あんたは完璧だったよ」と、カメラマンは彼女の不機嫌など気にすまいと決意して言う。「やってきて、よかったな。あんたのベルクについての番組の企画だって、もうこっちのものだと思うよ。おれ、この部屋にシャンパンを届けるように注文してきたんだ。

――あなたは好きなものを、好きなひとと勝手に飲んだらいいわ。

――でも、どこか具合が悪いのか？

――七回目よ。あなたとはもうお終《しま》い。永久にね。あたし、あなたの口臭にはうんざりなの。あなたはあたしの悩みの種なの。あたしの悪夢なの。あたしの失敗なの。あたしの恥なの。あたしの屈辱なの。あたしの不快なの。あたし、どうしてもあなたにそう言っておかなくちゃならないわ。容赦なく。あたしのためらいをこれ以上ひきずらずに。あたしの悪夢をこれ以上ひきずらずに。もうどんな意味もないこの問題をこれ以上ひきずらずに」

彼女は開いた衣装戸棚にむかい、カメラマンに背をむけて立ち、小声で、口笛を吹くように落ちついて、物静かに話す。そして、服を脱ぎはじめる。

# 31

彼女が彼のまえでそんなふうに羞恥心もなく、あからさまな無関心さで服を脱ぐのははじめてだ。その脱衣の意味はこうである。あなたがここに、あたしのまえにいたって、そんなことちっとも、本当にちっともかまわない。あなたがいても、犬や二十日鼠《はつかねずみ》がいるのと同じことだわ。あなたに見られても、あたしの体のどこも、すこしも変わりはしないわ。あたし、あなたのまえではなんだって、どんな不作法なことだってできるのよ。あなたのまえで吐くことだって、耳や性器を洗うことだって、マスターベーションすることだって、おしっこすることだってできるのよ。あなたには眼も、耳も、頭もないの。あたしの誇り高い無関心は外套《がいとう》みたいなものだから、あたしはあなたのまえでまったく自由に、羞恥心なしに動き回れるんだわ。

カメラマンには、みるみるうちに愛人の体がすっかり変貌していくのが見える。それまで簡単に素早くあたえられていたその体が、百メートルの高さの台座に立てられたギリシャの彫像のようにそびえ立つ。彼はどうかなりそうなくらいの欲情にとらえられるが、その欲情は官能的に表れるのではなく、頭を、そして頭だけをいっぱいにする不思議な欲望であり、頭脳の幻惑、固定観念、神秘的な情念としての欲情であり、他の体ではなくてこの体こそが自分の人生、全人生をみたす運命なのだという確信だった。

彼女はそんな幻惑、献身が肌にはりついてくるのを感じる。すると、頭に冷たさの波がのぼってきた。彼女は自分でもそれに驚く。そんな波を経験したことが一度もなかったのだ。情熱、暑さ、あるいは怒りの波があるように、それは冷たさの波だった。というのも、その冷たさは本当にひとつの情念だったのだから。まるでカメラマンの絶対的な献身とベルクの絶対的な拒否とは同じ呪いの両面で、それにたいして彼女が反抗しているとでもいうように。まるでベルクの手荒い拒絶が、彼女をありきたりの愛人の腕のなかに投げかえし、そんな手荒い拒絶にたいする唯一の見せしめが、その愛人への絶対的な憎悪だとでもいうように。それが彼女が彼をこれほどの激情で拒否し、彼を二十日鼠に、その二十日鼠を蜘蛛《くも》に、その蜘蛛をもう一匹の蜘蛛に貪り喰《く》らわれるハエに変えてやりたいと願う理由だった。

彼女はもう白いドレスを着て、下におりていって、ベルクに、そして他のみんなに自分の姿を見せてやる決心をしている。白の、結婚式の色のドレスをもってきたのが嬉しい。というのも、彼女は結婚式、逆さまの結婚式、夫のいない悲劇的な結婚式の日を迎えるような心境だったから。彼女は白いドレスのしたに不当な仕打ちの傷を隠しもち、その不当な仕打ちによって自分が大きくなり、悲劇の人物たちが不幸によって美しくなるように、自分が美しくなったように感じる。彼女はドアのほうにゆくが、パジャマを着たもうひとりがきびすを接して外に出てきて、自分を崇拝する犬のように、うしろから付いてくるのを知っている。そして彼女は、そんなふうにふたりで、悲劇的でグロテスクなカップルとして、雑種犬を従える女王として、城をのし歩いてやりたいと思う。

# 32

しかし、彼女が犬の状態に格下げにしてやった男が、彼女をびっくりさせる。彼はドアの内側に立ち、激怒した顔をしているのだ。彼の服従の意志は、いつの間にかつき果てていた。彼は自分を不当に辱めるその美に対抗してやろうという、必死の願望でいっぱいになっている。彼には彼女を殴り倒して、ベッドのうえに放り出し、強姦《ごうかん》する勇気はないが、それだけにますます、なにか取り返しのつかないこと、かぎりなく粗暴で攻撃的なことをしてやりたいという欲求を覚える。

彼女は戸口のところで立ちどまらざるをえなかった。

「あたしを通してよ。

——おれ、あんたを通さないぜ、と彼は言う。

——あたしにとって、あなたはもう存在しないの。

——なんだって、おれが存在しない？

——あたしは、あなたなんか知らないの」

彼はひきつった笑いかたをして、「おれを知らない？」それから声を大きくする。「今朝だって、おれたちやったじゃないか！

——あたしにそんな口のきき方をするの禁じるわ！　そんな言葉はやめて！

——今朝だって、あんた自分でその言葉をおれに言ったじゃないか、あんたはおれに言ったぜ、して、して、して！

——それは、あなたをまだ愛していたときのことよ、と彼女はやや困惑して言う。でも、いまはそんな言葉はただ下品なだけなの」

彼は叫ぶ。「だけど、おれたちやったじゃないか！

——禁止だっていうの！

——昨晩も、おれたちやったんだ、やったんだ、やったんだ！

——やめて！

——なんで、朝おれの体が我慢できて、夜我慢できないんだ？

——あたしが下卑た言葉が嫌いだって、よく知っているでしょう！

——あんたが嫌いなものなんか、糞《くそ》くらえだ！　あんたは売女だよ！」

ああ、彼はその言葉、ベルクが彼女に浴びせたのと同じその言葉を発してはならなかったのだ。彼女は叫ぶ。「下卑た言葉にはむかむかする。あたしはね、あんたにはむかつくのよ！」

彼もまた叫ぶ。「じゃあ、あんたは、むかむかする男とやったのか！　だけど、むかむかする男とやる女、それをまさしく売女っていうんだよ。売女、売女ってな！」

　カメラマンの言葉はだんだん粗暴になり、イマキュラタの顔に恐怖の色が見える。恐怖？　彼女は本当に恐怖を抱いているのだろうか？　私はそうは思わない。彼女も心の奥底では、その反逆の重要性を誇大に考えてはならないのをよく知っているのだ。彼女はカメラマンの服従を熟知し、いまも確信している。彼が彼女を罵るのは、自分のことをきいて、見て、考慮してもらいたいからだとわかっている。彼は弱く、力のかわりに粗暴さ、攻撃的な言葉しかもっていないからこそ、罵るのだ。もし彼女がほんのすこしでも彼を愛していたなら、そんな絶望的な無力感の炸裂にほろりとしたにちがいない。しかし、彼女はほろりとしないで、さらに彼を苦しめてやりたいという、抑えがたい欲望を覚える。まさにその理由で、彼女はその言葉を真に受けて、彼の罵詈雑言を信じ、怖がってやろうと決心したのだ。だからこそ、彼女は脅《おび》えているように見せたい眼で、じっと彼を見るのだ。

　彼にはイマキュラタの顔の恐怖が見え、勇気づけられるように感じる。いつもなら、怖がり、ゆずり、弁解するのはつねに彼のほうだった。それなのに、彼が自分の力、自分の激情を見せつけると、突然彼女のほうがふるえている。彼は彼女が自分の弱さを認めて、降伏しつつあるのだと思い、声を大きくし、攻撃的だが無力な愚言を吐きつづける。かわいそうに、彼は自分があいかわらず彼女のシナリオ通りの芝居を演じていることも、自分の怒りのなかに力と自由とを見たと思ったときでさえ、あいかわらず操られた道具にすぎないことも知らないのだ。

彼女は彼に言う。「あたし、あんたが怖い。あんたは最低だわ。あんたは乱暴だわ」しかし、かわいそうに、彼はそれがもう二度と取り消されない非難であり、そしてそのことによって、善意と服従のぼろきれというべき自分自身が、永久に強姦者と暴漢になってしまうのを知らないのだ。

「あたし、あんたが怖い」と、彼女はもう一度言い、そとに出られるように彼を押し退ける。

彼は彼女を通してやり、女王に従う雑種犬のように、彼女のあとについてゆく。

# 33

裸。私は一九九三年十月の《ヌーヴェル・オプセルヴァトゥール》誌の切り抜きをもっている。それはアンケートの記事で、左翼を名乗る千二百人の者たちに二百十の単語が送られ、彼らはそのなかで自分を魅了する単語、敏感になる単語、ひきつけられ、共感を覚える単語などにアンダーラインを引かねばならなかった。その数年まえにも同じアンケートがなされた。当時は、同じ二百十の単語のうち、左翼の者たちが理解しあい、その結果共通の感性を確認しあった単語が十八あった。今日では、大好きだとされる単語は三つしかない。左翼はたった三つの単語についてしか、たがいに理解しあえないのか？　ああ、なんたる転落！　ああ、なんたる没落！　ではその三つの単語とはなにか？　よくきいてもらいたい。反抗、赤、そして裸。反抗と赤は、まあ当然だろう。しかし、そのふたつの単語を除けば、裸という単語だけが左翼の者たちの胸をときめかせ、裸だけが彼らの象徴的な共有財産として残っているのは、驚くべきことだ。それが、あのフランス革命によって盛大に開始された二百年のすばらしい歴史が私たちに遺《のこ》した、すべてなのか？　それが、ロベスピエール、ダントン、ジョレス、ローザ・ルクセンブルク、レーニン、グラムシ、アラゴン、チェ・ゲバラらの遺産なのか？　裸が？　裸の腹、裸のきんたま、裸の尻が？　それが、左翼の最後の派遣隊が諸世紀を横切る大行進を仮装するための、最後の旗なのか？

しかし、なぜまさしく裸なのか？　世論調査機関から送られたリストにアンダーラインを引いたその単語は、左翼の者たちにとって、なにを意味しているのか？

私はドイツの極左主義者たちの行列のことを思い出す。一九七〇年代、彼らはなにかに（原発に、戦争に、金力に、あるいは私の知らない別のなにかに）怒りを表明するために素っ裸になり、その状態でドイツの大都市の街路をわめきながら歩いた。

彼らの裸は、なにを表現するつもりだったのか？

第一の仮定。それは彼らにとってあらゆる自由のうちでもっとも大切な自由、あらゆる価値のなかでもっとも脅かされた価値を表していた。ドイツの極左主義者たちは、ちょうど迫害されたキリスト教徒たちが肩に木の十字架を担いで死にむかったように、裸の性器を見せながら都市を横切った。

第二の仮定。ドイツの極左主義者たちは、なんらかの価値の象徴を見せびらかしたかったのではなく、ただたんに嫌悪している公衆に衝撃をあたえたかった。衝撃をあたえ、脅えさせ、憤慨させ、象の糞を投げつけたかった。公衆に世界のあらゆる汚穢《おわい》をぶちまけたかった。

奇妙なジレンマだ。裸は価値のなかの最高の価値を象徴しているのか、それとも敵の集会に排泄《はいせつ》物の爆弾として投げつけてやる、最高の汚物を象徴しているのか？

それでは、ジュリーに「脱げよ」とくりかえし、「モテない奴らの見ているまえで、大々的なハプニングをやらかそう！」とつけ加えるヴァンサンにとって、裸はなにを表しているのだろうか？

そして、おとなしく、さらにはある種の熱心ささえ見せて、「いいわね」と言い、ドレスのボタンを外すジュリーにとって、裸はなにを表しているのだろうか？

# 34

彼は裸になっている。そのことに自分でもすこしびっくりしたまま、彼女というより自分自身にむけて、咳《せ》き込むような笑いかたで笑う。というのも、彼はそんなふうにあけすけな空間で裸になるのにまったく慣れていなかったので、ただその状況の突飛さだけしか考えられず、他のなにも考えられなかったから。彼女はもうブラジャーを投げ捨て、それからパンティーを投げ捨てていたが、ヴァンサンには本当の彼女が見えない。つまり彼は、彼女が裸だとは確かめたが、裸の彼女がどんなふうなのか知らないのだ。思い出しておこう。しばらくまえの彼は、彼女の尻の穴に取りつかれていた。その穴がパンティーの絹から解放されたとき、彼はまだそのことを考えているのか？　いや、そうではない。尻の穴は彼の頭から消えさってしまっている。彼は自分のまえで裸になった体を注意深く眺め、その体に近づき、ゆっくりとその体を感じとっても、あるいはその体にふれてもいいのに、そうはしないで、顔をそむけて水に飛びこんでしまう。

ヴァンサンは、変な男だ。彼は舞踏家《ダンサー》たちを厳しく攻撃し、月について支離滅裂なことを言うのだが、根はスポーツマンなのだ。彼は水に飛びこんで泳ぐと、たちまち自分の裸を忘れ、ジュリーの裸を忘れ、自分のクロールのことしか考えない。彼のうしろでは、飛びこめないジュリーが慎重に梯子《はしご》をおりている。ところがヴァンサンは、振りむいて、彼女を見ようとさえしない！　彼には残念なことだ。ジュリーは魅力的、とても魅力的だったのだから。彼女の体は輝いているようだ。含羞によってではなく、別の、同じように美しいもの、つまりぎこちなく孤独な安らぎによって。というのも、ヴァンサンが頭を水中にいれているので、彼女はだれにも見られていないと確信できたからだ。水が陰毛のところまでのぼってきて、彼女は冷たく感じる。ざぶんと潜ってしまいたいが、そんな勇気がない。彼女は足をとめてためらい、やがて慎重に、もう一段おりる。すると、水がへそのあたりまでくる。彼女は手を濡《ぬ》らし、愛撫するように胸を冷やす。そんな彼女を見ていると、本当にすばらしい。おめでたいヴァンサンはなにも気づいていないが、私にはやっと、なにも、自由も汚物も表していない裸、どんな意味作用もはぎ取られた裸、あるがままの純粋な、人を魅惑する、裸にされた裸が見えるのだ。

ついに、彼女が泳ぎだす。不器用に頭を水面のうえに出して、ヴァンサンよりずっとゆっくりと泳ぐ。ヴァンサンがプールの十五メートルを三回往復したとき、彼女はそとに出るために、梯子に近づいている。彼は急いであとを追う。ふたりがプールサイドにいると、うえのホールからひとびとの声がきこえてくる。

見知らぬ、眼に見えない者たちが近くにいることに気持ちをかり立てられ、ヴァンサンは叫びだす。「おれはおまえの尻にやってやる！」そして野獣のようなしかめ面をして、彼女に飛びかかる。

ふたりだけの親密な散歩のあいだは、ちょっと淫猥《いんわい》な言葉のひとつもささやく勇気がなかったのに、だれにでもきかれる危険があるいま、彼が非常識なことをわめき散らすのは、いったいどうしてなのか？

それはまさしく、彼が親密さの地帯から、かすかに離れたからだ。閉じたちいさな空間のなかで発せられる言葉は、円形劇場で鳴り響く同じ言葉とは別のことを意味する。それはもはや、彼に全面的な責任があり、もっぱら相手だけにむけられた言葉ではなくなり、他人が、そこにいて彼らを見ている他人がぜひ聞きたいと求めている言葉になる。たしかに、この円形劇場にはひとがいない。しかし、たとえひとがいなくても、想像された想像上の、潜在的な事実上の観客が、彼らとともにそこにいるのだ。

私たちは、だれがその観客となるのか、と自問してもいい。私はヴァンサンが学会で出会ったひとびとを想起しているとは思わない。いま彼のまわりにいる観客は数が多く、執拗《しつよう》で、気難しく、落ちつきがなく、好奇心が強いが、それでいてまったく正体がわからず、顔の表情がぼやけている。それは、彼が想像している観客が、舞踏家たちの夢見ている観客だということだろうか？　眼に見えない者たちからなる観客？　ポントヴァンがそれについて理論を構築しつつある観客？　全世界？　顔のない無限？　一つの抽象？　かならずしもそうではない。というのも、その無名の喧騒のかげに、具体的な顔、つまりポントヴァンと彼の仲間たちの顔がほの見えるからだ。彼らは面白がって、ずっとその場面を観察している。ヴァンサン、ジュリー、それにふたりを取りまく見知らぬ観客さえも観察している。ヴァンサンはそんな彼らにむけて言葉を叫ぶのであり、彼らの賛嘆、彼らの同意をこそ獲得したいのだ。

「あんたには、あたしの尻にやらせないわ！」と、ポントヴァンのことなどぜんぜん知らないジュリーが叫ぶが、彼女もまた、現にいないけれども、いてもおかしくない者たちにむかってその文句を言うのだ。彼女は彼らの賛嘆を望んでいるのだろうか？　そうだ。しかし、彼女がそれを望むのはヴァンサンに気にいってもらうためだ。彼女は見知らぬ、眼に見えない観客に喝采されたいと思っているのだが、それは自分がこの夜の、またもしかすると、さらに他のたくさんの夜のために選んだ男に愛されるためなのだ。

彼女がプールのまわりを走ると、二つの乳房が楽しそうに左右にゆれる。

ヴァンサンの言葉はだんだん大胆になる。メタファー的な性格だけが、その言葉の強烈な下品さにいくらか霞《かすみ》をかけているにすぎない。

「おれのモノでおまえを刺しつらぬいて、壁に釘《くぎ》付けにしてやる！

——あたしは釘付けにされないわ！

——おまえをプールの底で十字架にかけてやる！
——あたしは十字架にかけられないわ！
——おれは宇宙の眼のまえで、おまえの尻の穴を引き裂いてやる！
——あたしは引き裂かれないわ！
——みんなにおまえの尻の穴を見せてやる！
——だれにもあたしの尻の穴を見せないわ！」と、ジュリーが叫ぶ。

そのとき、ふたたび、ひとびとの声がきこえ、その声の近さがジュリーの軽やかな足取りを重くし、立ちどまれと命じるようだ。彼女はいまにも強姦される女のように、甲高い声で叫びだす。ヴァンサンはそんな彼女をつかまえ、いっしょに地面に倒れる。彼女は眼を大きく開いて彼を見て、抵抗すまいと決心して挿入を待つ。脚を開き、眼を閉じ、顔をすこし横にかしげる。

# 35

挿入は、起こらなかった。それが起こらなかったのは、ヴァンサンの一物がしおれた木いちごのように、ひいばあさんの指貫《ゆびぬき》のようにちいさいからだ。

どうして、そんなにちいさいのか？

私は直接その質問をヴァンサンの一物にする。すると、彼の一物は本当に驚いて、こう答える。「どうしておいらが、ちいさくなったって？　だっておいら、大きくならなきゃなんて、思わなかったんだもの！　信じてくれよ、そんなこと、おいらは思ってもみなかったぜ！　おいらは知らされていなかったんだ。おいらはヴァンサンと一緒になって、プールのまわりの、あの奇妙な追いかけっこのあとについていった。いったいなにが起こるのか見てみたいと、じりじりしながらね！　おいらはずいぶん楽しんだんだよ！　いまになって、あんたはヴァンサンがインポだと非難するのかい！　やめてくださいよ！　そんなことされたら、おいらはひどく負い目を感じなくちゃならないし、だいたいそれって、言いがかりだよ。だって、おいらたち、まったく仲よくやっているんだから。言っておくけど、おたがい一回もがっかりさせたことなんかないんだぜ。おいらはいつもヴァンサンを誇りにしているし、ヴァンサンだっておいらのこと、誇りにしているんだ！」

一物は真実を言った。それに、ヴァンサンも彼の一物のふるまいにことさら気分を害していない。もし彼の一物がアパルトマンの親密さのなかでそんな行動をするのなら、彼はけっして許さないだろう。しかしここでは、彼はその反応を理性的、さらには節度あるものとさえ見なす気でいた。そこで彼は、事態をあるがままに受け取り、性交を偽装しだしたのである。

ジュリーもまた、気分を害しないし、欲求不満でもない。体のうえにヴァンサンの動きを感じているのに、体のなかでなにも感じないのは不思議だが、しかし、まあなんとか許せるように思われ、恋人のピストン運動に自分の動きで応えている。

彼らにきこえた声は遠ざかっていたが、新しい物音がプールの、よく反響する空間に鳴り響く。彼らのごく近くを走っている人間の足音だ。

ヴァンサンの息づかいが速く、大きくなる。彼はうなり、わめくが、ジュリーはうめき声を発し、嗚咽《おえつ》する。それは、ヴァンサンの濡れた体がたえず彼女のうえに落ちてきて、痛かったからでもあったが、また、そんなふうに彼のほえ声に応じてやりたかったからでもあった。

# 36

チェコの学者は、ぎりぎり最後の瞬間になってからしかふたりに気づかなかったので、彼らを回避できなかった。しかし彼は、まるで彼らがいないかのようにふるまい、別のところに視線を定めようとつとめる。彼は平常心をなくしている。まだ西欧の生活をよく知らないからだ。共産主義の帝国では、プールサイドでセックスするなど不可能だった。もっとも、他にも多くのことが同じように不可能だったから、今後彼は、我慢強くいろいろ学んでゆかねばならないだろう。彼はすでに、プールの反対側に達している。そして、やはり振りかえって、性交しているカップルを一瞥したい気もする。というのも、彼を悩ませていることが一つあったからだ。それは性交している男が、よく鍛えられた身体をしているのかどうかということだ。身体の鍛練には、肉体愛と肉体労働との、いったいどちらが有益なのか？　だが、彼は自制する。のぞき魔に見られたくなかったから。

彼は反対側のプールサイドにたちどまったまま、運動をしだす。まず、膝をとても高くあげながら、その場でランニングする。腕で体を支え、脚を空中にあげる。彼は幼年時代から、体操教師が倒立と呼ぶその姿勢が自在にできた。今日でも昔と同じようにできる。一つの疑問が彼の心に浮かぶ。フランスの大学者たちの何人が、自分と同じくらい倒立ができるのか？　また大臣たちの何人が？　彼は名前や写真で知っているすべてのフランスの大臣たちをひとりひとり思い浮かべ、腕でバランスを保ちながらその姿勢になる彼らを想像しようとする。そして満足する。彼に見えるがままの彼らは、不器用でひ弱なのだ。彼は倒立に七回成功したあと、腹這いになり、腕立て伏せをする。

# 37

ジュリーもヴァンサンも、彼らのまわりで起こっていることを気にしていない。彼らは露出狂ではなく、他人の眼差しによって興奮し、その眼差しをとらえて、自分たちを観察している他人を観察しようなどとはしない。彼らがおこなっているのは乱痴気騒ぎでなく、スペクタクルなのであり、その上演のあいだ、役者は観客の眼に出会うのを望まないのだ。ジュリーはヴァンサンよりもずっと必死になって、なにも見ないようにする。けれども、いましも彼女の額に置かれたばかりの眼差しがあまりにも重く、彼女はどうしてもそれを感じないわけにはゆかない。

ジュリーが眼をあげると、ひとりの女が見える。女は白の素敵なドレスを着て、じっとジュリーを観察している。その眼差しは風変わりで、ぼうっとしているが重く、ひどく重い。絶望のように重く、どうしたらいいかわからないほどに重い。そこでジュリーは、その重みのしたで自分が麻痺《まひ》してしまうように感じ、動きが緩やかになり、力がなくなってとまる。彼女はさらに何度かうめき声をあげると、黙ってしまう。

白い服の女は、わめき声をあげたいという途方もない欲求と闘っている。わめいてやりたい相手が、そのわめき声をきくことがないだけに、よけいに強くなるその欲求から解放されないのだ。突然、彼女はもう我慢できなくなり、叫び声、鋭く恐ろしい叫び声をあげる。

そのときジュリーは麻痺状態から覚め、立ちあがり、パンティーをとって穿《は》き、散らばっていた衣服を急いで身につけ、走って逃げる。

ヴァンサンはずっともたもたしている。彼はシャツ、ズボンを拾い集めるが、パンツがどこにも見当たらないのだ。

その数歩うしろに、パジャマの男がひとり、じっと立っている。だれにも彼が見えないが、彼のほうも、白い服の女に注意を集中しているので、だれも見ていない。

# 38

彼女はベルクに撥ねつけられたという考えを甘受できず、彼を挑発し、自分の白い美しさ（無垢な女の美しさとは白ではないか?）を思いきって見せびらかしてやりたいという、常軌を逸した欲望をいだいた。しかし、城の廊下やホールを横切る彼女の散歩は期待どおりにはゆかなかった。ベルクはもういなかったし、カメラマンはへりくだった雑種犬のように黙ってあとについてくるのではなく、大きく不愉快な声で話しかけてくるのだった。彼女はひとびとの注意を自分に惹きつけることに成功したが、それは邪悪で嘲るような注意だった。そのため彼女は歩調をはやめ、逃げるようにプールサイドまでたどり着いた。そこで性交をしているカップルに出くわし、とうとう叫び声をあげたのだった。

その叫び声によって、彼女はわれにかえった。突然、自分が閉じ込められている罠がはっきりと見えてくる。追ってくる男がうしろにいるのに、まえは水なのだ。彼女はその包囲には出口がないこと、自分の唯一の出口は無分別な出口であり、自分に残された唯一の分別ある行動は常軌を逸した行動だと明敏にも理解する。そこで彼女は、意志の力をふりしぼって錯乱を選択する。つまり、二歩まえに進んで、水のなかに飛びこんだのである。

彼女の飛びこみかたは、かなり奇妙だった。彼女はジュリーとちがって、とても上手に飛びこむことができる。それなのに足をさきに、腕をぶざまに広げて落ちたのだ。それは、あらゆる動作は実際的な機能のほかに、その動作をおこなう者の意図をこえる意味をもってしまうからだ。水着をつけた者が水のなかに身を投ずるとき、たとえ飛びこみをする当人が悲しみを感じていても、その動作に表れるのは喜びそのものだ。しかし、ひとが服を着たまま水に飛びこむときには、話はまったくちがってくる。服を着たまま水に飛びこむのは、溺死したい者だけだ。溺死したい者は、頭からさきに飛びこみはしない。落ちるがままにするだけだ。そのように、動作という太古からの言語は望んでいる。それこそ、イマキュラタが泳ぎが上手なのに、美しいドレスを着たまま、情けない恰好で水に飛びこむことになった理由である。

どんな合理的な理由もないのに、彼女はいま水のなかにいる。水のなかにいる彼女は自分の動作に従属し、その意味が徐々に彼女の魂を充たす。彼女はみずからの自殺、みずからの溺死を生きているのを感じ、以後彼女のすることはすべてバレエ、パントマイムにすぎなくなる。そしてそれによって、その悲劇的な動作は、彼女の沈黙の独白をひきのばすものとなる。

水のなかに落ちたあと、彼女は立ちあがる。そこはプールのさして深くない場所で、水は彼女の胴までしかない。彼女はしばらく立ったまま、頭を真《ま》っ直《す》ぐにし、胸を反らせる。それから、ふたたび水のなかに沈む。そのとき、ドレスからスカーフがはずれ、まるで死者の背後に思い出が漂うように、彼女の背後に漂う。彼女はまた立ちあがり、頭を軽くうしろに傾《かし》げ、腕を広げる。走りたいとでもいうように、プールが傾斜しているところを数歩前進し、またまた沈みこむ。彼女はそんなふうに、なにかの水生動物、頭を水中に沈めたあと、やがて頭を出して高くのけぞらせる、神話的なアヒルにも似た進みかたをする。その動きは高みで生きたいという願望、あるいは水底で死にたいという願望を語っている。

パジャマの男は突然跪《ひざまず》き、泣きながら、「もどってくれ、もどってくれ、おれは犯罪者だ、おれは犯罪者だ、もどってくれ！」

# 39

　チェコの学者は、水が深くなっている反対側のプールサイドで腕立て伏せをしながら、呆《あき》れはてて眺めている。彼はまず、新たにやってきたカップルが性交をしているカップルに合流し、ピューリタン的な共産主義帝国の建設現場の足場で働いていたときによく話をきいていた、あの伝説的な乱交パーティーというものに、とうとう自分が立ちあうことになるのだと思った。彼は羞恥心から、そんな集団的な性交などという状況のもとでは、その場を離れ、自分の部屋にもどるべきだと思いさえした。それから、恐ろしい叫び声に耳をつんざかれ、彼は腕をぴんと伸ばしたまま化石になったように、それまでたった十八回しか体を持ち上げていなかったのに、もう運動がつづけられなくなってしまった。眼のまえで、白いドレスを着た女が水のなかに落ち、その女の背後に、いくつかの青やバラ色のちいさな造花とともに、スカーフが漂いだした。

　上体を起こしたまま、じっと動かないチェコの学者は、その女が溺死したがっているのだとようやく理解した。この女は頭を水中に入れたままにしておこうと努力しているのに、さほど意志が強くないので、かならず身を起こしてしまう。これは、わたしにはけっして想像できなかったような自殺だ。女は病気か、負傷しているか、もしくは追跡されている。女は身を起こし、ふたたび水中に消える。それを何度も何度もくりかえしている。きっと泳げないのだろう。女がまえに進むにつれ、どんどん沈んでゆき、その結果、まもなくすっかり水に覆いつくされ、プールサイドで跪き、手をこまねいて泣いている、あのパジャマの男の無気力な眼差しのもとで死んでゆくだろう。

チェコの学者はもう、ためらっていられなくなる。彼は立ちあがって靴下をはいた脚を折り曲げ、後方に腕をぴんと伸ばして、水面にかがみこむ。

パジャマの男は、背が高く頑丈で、奇妙に不恰好な見知らぬ男の体軀《たいく》に心を奪われ、もう女の姿が眼にはいらなくなる。その男は正面の、わずか十五メートルしか離れていないところで、本人にはかかわりのないドラマ、パジャマの男が彼と彼の愛する女だけのために大事に守っているドラマに介入しようとしている。というのも、だれに疑うことができよう、彼は彼女を愛しているのであり、彼の憎悪は一時的なものでしかないのだから。たとえ彼女に苦しめられても、彼は本当には、そして持続的には彼女を憎めないのだ。彼には彼女が抑えられない非理性的な感受性、彼には理解できないが崇拝している、あの奇跡のような感受性の力によって行動しているのがわかっている。たとえさっきは罵詈雑言を浴びせかけたとしても、内心では彼女が無実であり、ふたりの予期せぬ不和の真犯人はだれか別の者だと確信している。彼はその真犯人を知らず、どこにいるのかわからないが、しかしその真犯人に飛びかかってやろうと覚悟している。彼はそんな精神状態で、スポーティーな身のこなしで水面にかがんでいる男を眺めている。まるで催眠術にかけられたように、女みたいにたっぷりとした太股《ふともも》と非知性的な大きいふくらはぎをして、頑丈で筋肉逞《たくま》しく、奇妙にアンバランスなその体、不正の化身と言うべきその不条理な体を見ている。彼はその男についてなにも知らないし、なにを疑っているわけでもないのに、自分の苦しみに眼がくらみ、説明のつかない自分の不幸のイメージを、醜さの記念物のようなその男に見て、抵抗しがたい憎悪にとらえられるのを感じる。

チェコの学者は水に飛びこんで、力強い平泳ぎの数かきで女に近づく。

「女に構うな！」と、パジャマの男はわめき、自分も水に飛びこむ。

学者は女から二メートルの距離のところにいて、その足はもう水底についている。

パジャマの男は彼のほうに泳いでいって、ふたたびわめく。「彼女に構うな！　彼女にさわるな！」

チェコの学者が女の体のしたに腕を広げると、女は長いため息を漏らしながら、ぐったりと倒れこむ。

そのとき、パジャマの男はすぐそばにいて、「彼女を放せ、さもないと殺すぞ！」

涙越しの彼の眼前には、なにも、不恰好な人影以外のなにも見えない。彼はその人影の肩をつかみ、激しく揺する。学者はよろめき、女が彼の腕から落ちる。ふたりの男のいずれも、もう女を気にしなくなり、女は梯子のほうに泳いでいって外に出る。学者はパジャマの男の憎悪にみちた眼を見る。すると、彼自身の眼も同じ憎悪でかっとなる。

パジャマの男はこらえきれなくなって殴る。

学者は口のなかに痛みを感じる。彼は舌で前歯の一本を調べ、ぐらぐらしているのを確かめる。それはとても入念に歯根にとめられた義歯で、まわりの他の義歯を調節してその義歯をつけてくれたプラハの歯医者は、この歯は他のすべての歯の支えになるのだから、いつかそれがなくなればかならず、チェコの学者がいい知れぬ恐怖を覚えている入れ歯をしなくてはならなくなると、くどいほど説明していた。彼の舌はぐらぐらしている歯を調べ、彼は蒼白《そうはく》になる、まずは不安で、それから怒りで。自分の全人生が眼のまえに浮かんできて、その日二度目の涙が眼にあふれてくる。そう、彼は泣いているのだ。そしてその悲嘆の底から、ひとつの考えが頭にのぼってくる。わたしはすべてを失ってしまった。もうこの筋肉しか残っていない。しかしこの筋肉、このあわれな筋肉は、いったいなんの役に立つのか？　その疑問がバネのようになって、彼の右腕に恐るべき運動をさせる。そこからびんたが、入れ歯の悲しみほど無限大の、この半世紀フランスのすべてのプールサイドでなされた狂おしいセックスの数ほど無限大のびんたが生じる。

パジャマの男は水面下に消えてしまう。

その落下があまりにも迅速で、完璧だったので、チェコの学者は殺してしまったのだと思う。しばらく茫然としたあと、彼は体を屈《かが》め、男を持ちあげて、顔を軽くぱんぱん叩く。男は眼をあけ、放心した眼差しで、不恰好な幽霊のような学者を見る。そして、ほうほうの体《てい》でのがれ、梯子のほうへ泳ぎ、女のところに行く。

# 40

女のほうはプールサイドにうずくまって、パジャマの男の闘いと落下とを注意深く眺めていた。男がプールサイドのタイルのうえに昇ってくると、彼女は立ちあがって階段のほうにむかう、振りかえらず、しかし男がついてこられる程度にはゆっくりと。そんなわけで、彼らはびしょ濡れになって一言も口をきかず、（ずっとまえから人影が見えなくなっている）ホールを横切り、廊下を通って部屋に着く。衣服から水がしたたり、彼らは寒さにふるえ、着替えをしなければならない。

それから？

なに、それから？　彼らはセックスをするだろう。読者はなにか別のことでも考えられたのかな？　その夜、彼らは沈黙がちで、彼女は被害にあった人間のように、ちょっと呻《うめ》くだけにするだろう。そんなふうに、すべてがつづけられ、今夜はじめて彼らが上演したばかりの芝居は、つぎの日にも、つぎの週にもくりかえされるだろう。彼女はどんな下品さも、軽蔑する俗世間も超越していることを示すために、ふたたび彼を跪かせるだろう。彼は自分を責めて泣き、それで彼女はさらに意地悪になり、彼をだまし、みずからの不貞を見せびらかして、彼を苦しめるだろう。彼は反抗し、粗暴になり、脅迫するだろう。なにかひどく嫌なことをしでかそうと決心して、花瓶を壊したり、不愉快な罵詈雑言をわめき散らしたりするだろう。すると彼女は怖がるふりをして、彼を強姦者だの暴漢だのと言って非難するだろう。彼はまた跪き、また泣き、また自分が悪いと言うだろう。そうすると彼女は、いっしょに寝ることを彼に許してやり、そんなふうに何週間も、何カ月も、何年も、永遠につづくことだろう。

# 41

それでは、チェコの学者は？　彼はぐらぐらする歯に舌をつけて、自分に言いきかせている。これだけがわたしの全人生で残っているものなのだ。ぐらぐらする一本の歯、それから、入れ歯をつけねばならないことにたいする恐怖が。他になにもないのか？まったくなにもないのか？　なにもない。突然の啓示によって、彼の全過去が、劇的で唯一無二の出来事にみちた崇高な冒険としてではなく、個々の特徴の見分けもつかなくなるほど速く——ベルクが彼をハンガリー人あるいはポーランド人だと思ったのが、まんざら間違いではなかったほどにも速く——地球を駆けめぐった出来事の雑多な堆積の、ちいさな一部分として眼のまえに現れる。なぜなら、ひょっとして彼は、本当にハンガリー人、ポーランド人、あるいはトルコ人、ロシア人、さらにはソマリアの瀕死の子供なのかもしれないのだから。物事があまりにも速く進むときには、だれもなににも、まったくなににも、自分自身のことでさえも確信がもてなくなるのだ。

T夫人の夜に言及したとき、私は実存の数学教本の初歩というべき、よく知られた方程式に読者の注意を促した。速さの度合いは忘却の強度に直接比例する、と。この方程式から、さまざまな派生的命題を演繹《えんえき》することができる。たとえば、これだ。私たちの時代は速さの魔力に身を任せているので、いとも簡単に自己を忘却してしまう、と。だが私はその命題を逆にして、こう言いたい。私たちの時代は忘却の願望にとりつかれているのであり、その願望を充たすためにこそ、速さの魔力に身を委ねるのだ、と。私たちの時代が足取りを速めるのは、もう自分のことを思い出してもらいたくないと、自分で自分にうんざりし、自分で自分に嫌悪を催しているのを感じ、ゆらめく記憶のちいさな炎をふっとかき消したいと私たちに理解させるためなのだ、と。

わが親愛なる同国人よ、同志よ、有名な〈ムスカ・プラゲンシス〉の発見者よ、建設現場の足場で働いていた英雄的な労働者よ、きみが水のなかに突ったっているのを、私はもう黙って見ていたくない！　そんなことをしていたら、ひどい病気になるかもしれないぞ！　友よ！　兄弟よ！　心配はよせ！　そとに出るんだ！　休みにゆけ。ひとから忘れられることを喜べ。甘美な健忘というショールに、全身すっぽりとくるまるのだ。きみを傷つけた笑いのことは考えるな。あんな笑いなど、もう存在しない。きみが建設現場の足場で過ごした年月も、迫害された人間としてのきみの栄光も存在しないのと同じく、あれはもう存在しないのだ。城は静かだ、窓をあけてごらん。木々の匂いがきみの部屋を充たすだろう。その匂いをかいでごらん。それは、三世紀もの年輪を刻んだマロニエの木の匂いだ。そのマロニエの木のざわめきは、T夫人と騎士があずま屋で愛しあったときにきこえたのと同じものだ。そのあずま屋は当時、きみの窓から見えたものだったが、残念ながらもう見えない。ほぼ十五年後のフランス革命のあいだに破壊され、残っているのはただ、きみが一度も読んだことがなく、また今後もきっと読まないにちがいないヴィヴァン・ドゥノンの短編小説の数ページだけなのだから。

# 42

ヴァンサンはパンツを見つけられず、濡れた体にズボンとシャツを急いで着て、ジュリーのあとを追って走りだした。だが彼女はあまりにも敏捷《びんしょう》で、彼のほうはあまりにも緩慢だった。彼はいくつも廊下を走りまわって、彼女が消えさってしまったのを確認する。ジュリーの部屋がどこにあるのか知らないので、チャンスがあまりないのはわかっているが、それでも一つのドアが開いて、ジュリーの声が「いらっしゃい、ヴァンサン、いらっしゃい」と言ってくれるのを期待しながら、廊下をさまよいつづける。しかし、みんな眠っていて、どんな物音もきこえず、すべてのドアが閉まったままだ。彼はつぶやく。「ジュリー、ジュリー！」彼はそのつぶやきの声を高くし、それでも足りずにわめいてみるが、ただ沈黙が返ってくるだけだ。彼は彼女を想像する。月によって透明になった彼女の顔を想像する。彼女の尻の穴を想像する。ああ、裸のままほんの近くにあったのに、取り逃がしてしまった、完全に取り逃がしてしまった彼女の尻の穴。さわりも、見もしなかった尻の穴。ああ、その恐ろしいイメージがふたたび現れ、彼のあわれな一物は目覚め、そして立ちあがる、おおっ、立ちあがるではないか、無益に、無分別に、とてつもなく。

部屋にもどった彼は、椅子に倒れこみ、頭のなかにはただジュリーへの欲望しかない。彼は彼女にふたたび会うためなら、なんでもする気でいるが、打つ手がひとつもない。明日の朝、彼女は朝食をとるために食堂にやってくるかもしれないが、残念ながら、そのとき彼のほうは、もうパリの事務所にいることだろう。彼は彼女の住所も、苗字《みょうじ》も、仕事場も、なにも知らない。彼は自分の一物の場違いな大きさによって具体化された、とてつもない絶望をかかえたまま、ひとりきりなのだ。

わずか一時間たらずまえには、彼の一物は称賛すべき良識を発揮して、礼儀正しい寸法を保つことができた。そのことは、一物自身がみごとな言明のなかで、その合理性によって私たちみんなに感銘をあたえた立論で正当化したところだ。しかし、今度はすっかり良識を失ってしまったその同じ一物の理性について、いまや私は疑いをいだく。彼は弁護できるどんな動機もないのに、陰鬱な人類にむかって歓喜の歌をわめくベートーヴェンの第九交響曲さながら、全世界に抗して立ちあがるのだから。

# 43

ヴェラが眼を覚ますのは二度目だ。

「あなた、どうしてこんな大きな音でラジオをつけなくちゃならないの？　おかげで眼が覚めたじゃないの。

——ぼくはラジオなんかきいていないが。よそのどこにもないくらい、ここは、すべてが静かだよ。

——いいえ、あなたはラジオをきいていました。あなたって、ずいぶんひどいわね。わたし眠っていたのよ。

——本当だよ！

——それに加えて、あんな馬鹿げた歓喜の歌。どうしてあんなものがきけるの！

——ごめん。またぼくの想像力のせいだ。

——どういうこと？　あなたの想像力？　それはきっと、あなたが第九交響曲を書いたから？　あなた、自分をベートーヴェンだと思いはじめているわけ？

──いや、ぼくが言いたかったのは、そういうことじゃない。

──あの交響曲があんなに耐えがたく、あんなに場違いで、あんなに迷惑で、あんなに子供みたいに大げさで、あんなに愚かに、あんなにはっきり下品だと思ったことなんて、一度もないわ。わたし、もう我慢できない。これで、本当にこりごり。この城は幽霊屋敷なんだわ。わたしもう一分もここにいたくない。ねえ、お願い、帰りましょう。それに、もう夜も明けるわ」

そして彼女はベッドを離れる。

# 44

もう夜明けだ。私はヴィヴァン・ドゥノンの短編小説の最後のことを考える。城の秘密の小部屋での愛の夜は、恋人たちに夜明けを告げにやってくる、腹心の小間使の到来によっておわった。騎士は急いで身繕いして、部屋を出るが、城の廊下で迷ってしまう。見つかるのを恐れた彼は、庭園にゆくことにし、よく眠って早く目覚めた者のように散歩するふりをする。まだぼうっとしている頭で、彼は自分の情事の意味を理解しようとつとめる。T夫人は愛人の侯爵と別れたのだろうか？　別れようとしているのだろうか？　それとも、彼女はただ侯爵を罰してやりたかっただけなのだろうか？　終わったばかりのこの夜のつづきは、どうなるのだろうか？

そんな問いにふけっていた彼は、突然眼のまえにT夫人の愛人の侯爵を見る。侯爵は到着したばかりで、急いで騎士のほうに駆け寄ってくる。「事はどんな具合に運んだんだ？」と、侯爵は待ちきれずにたずねる。

それにつづく会話によって、騎士はやっと、自分の情事がなんのためだったのか理解する。彼女の夫の注意を贋の愛人に向けさせねばならなかったのだが、その役割が彼に振られたというわけだ。あまりいい役割ではない、どちらかといえば滑稽な役割だなと、笑いながら侯爵は認める。そして、まるで騎士のそんな犠牲に報いたいとでもいうように、いくらか打ち明け話をする。T夫人は愛すべき女、とりわけ比類のない貞節な女だが、唯一弱点があって、その弱点とは彼女の冷感症だというのだ。

ふたりは連れだって城にもどり、夫に挨拶する。夫は、侯爵と話すときには愛想がいいが、騎士にたいしては尊大にふるまう。夫は騎士にできるだけはやく立ちさるようにすすめ、そのあと親切な侯爵が自分の馬車を提供する。

それから侯爵と騎士はT夫人を訪れる。面談のおわりに、戸口のところで、彼女は騎士にいくつか優しい言葉をかけることができる。これが、この短編小説がつたえている通りの最後の文句だ。「いまは、あなたの愛がふたたびあなたを呼んでいます。その対象になっている方は、それにふさわしいお方です。(……)もう一度言わせていただきます、さようなら。あなたは、すてきなひと、……わたくしを伯爵夫人と仲違《なかたが》いさせないでくださいね」

「わたくしを伯爵夫人と仲違いさせないでくださいね」これが、T夫人が愛人に言う最後の言葉だ。

その直後に、この短編小説の最後の言葉がつづく。「ぼくは待っていた馬車に乗った。

ぼくはこの情事全体の寓意《ぐうい》をしきりに探したが、……ひとつもみつけられなかった」

だが、寓意はちゃんとあるのだ。T夫人こそ、その寓意の化身なのだ。彼女は夫に嘘をつき、愛人の侯爵に嘘をつき、若い騎士に嘘をついた。彼女こそ、エピクロスの真の弟子なのだ。快楽の親切な友、ひとを護《まも》る優しい嘘つき、幸福の番人なのだ。

# 45

この短編小説の物語は、騎士によって一人称で語られている。彼には、T夫人が本当に考えていることがなにもわからず、しかも彼は、自分自身の感情や考えを話すとき、どちらかといえば口数がすくない。このふたりの人物の内面の世界はヴェールに覆われているか、なかばヴェールに覆われたままなのだ。

夜明けに、侯爵が恋人の冷感症のことを話したとき、騎士はこっそりと笑うこともできた。彼女はそれと反対のことを示してくれたばかりだったのだから。しかし、その確信をのぞけば、彼にはどんな確信もない。T夫人が彼とともに経験したことは、彼女の日常茶飯事なのか、それとも彼女にとって稀《まれ》な、さらに唯一無二の冒険だったのか？彼女の心は、それに動かされたのか、それとも元と変わりなかったのか？彼女の愛の一夜は、彼女に伯爵夫人にたいする嫉妬心をいだかせたのか？彼女が騎士に伯爵夫人をすすめた最後の言葉は誠実だったのか、それともたんなる安全策の必要にせまられたためだったのか？騎士の不在は、彼女を憂いに沈めるのか、それとも彼女は無関心なままなのか？

また彼について。夜明けに侯爵に嘲弄されたとき、彼は才気にみちた受け答えをして、その場を自在に切り抜ける。しかし、彼は本当はどのように自分を感じていたのか？そして、城を離れるとき、どのように自分を感じることになるのか？　なにを考えることになるのか？　彼が経験した快楽のことか、それとも滑稽な若造という彼の評判のことか？　彼は自分を勝者と感じるのか、それとも敗者と感じるのか？　幸福と感じるのか、それとも不幸と感じるのか？

言いかえれば、ひとは快楽のなかで、快楽のために生きて、幸福になることができるのか？　快楽主義の理想は実現可能なのか？　その希望は存在するのか？　すくなくとも、その希望のかすかな光は存在するのか？

# 46

彼は死ぬほど疲れている。手足を伸ばしてベッドのうえで眠りたいが、時間どおりに起きられないという危険はおかせない。一時間後に出発しなくてはならず、それ以上遅くなってはならないのだ。彼は椅子のうえにすわって、頭にオートバイ用のヘルメットを深々とかぶる。その重みで、眠りこまずにいられるだろうと思ったのだ。しかし、頭にヘルメットをのせてすわったまま、眠りこまずにいたところで、そんなことにはなんの意味もない。彼は立ちあがって、いっそのこと出発してしまおうと決心した。

いまにも出発するのだと思うと、ポントヴァンの姿が思い出される。ああ、ポントヴァン！　彼はいろいろたずねてくるだろう。彼にはどう話したらいいんだろうか？　もしあったことを全部言ってやったら、彼はきっと面白がるだろう。それに、彼の取り巻きたち全員も。話のなかで話者が喜劇的な役を演じるときは、いつだって愉快なものだからな。だけど、だれもポントヴァンほど上手にはそれができない。たとえば、彼が別の女と取り違えて、髪をつかみ、引きずってしまったタイピストとの話をしたときだ。しかし、気をつけなくちゃ！　ポントヴァンはずるいんだから！　彼の喜劇的な話は、当然それよりずっと心地よい真実を隠しているのだと、みんなは思っている。聞き手は乱暴にふるまってほしいと求める彼の恋人が羨ましく、嫉妬しながら、彼がその美しいタイピストとなにをしたのか想像しているのだ。これに反して、もしおれがプールサイドでの性交の偽装の話をすれば、みんなが信じ、きっとおれとおれの失敗をあざ笑うことだろう。

彼は部屋のなかを行ったり来たりして、話をすこし修正し、どこかに精彩を付け加えてやろうとする。まずなすべきことは、模擬性交を本当の性交に変えてやることだ。彼はプールのほうにおりてきて、ふたりの愛の抱擁に驚き、心を奪われるひとびとを想像する。彼らは急いで服を脱ぎ、ある者たちはふたりを眺め、ある者たちはふたりの真似をする。そしてヴァンサンとジュリーのまわりで集団性交が盛んに繰りひろげられると、ふたりは洗練された演出のセンスを発揮して立ちあがり、はしゃぎ回っているカップルたちをなおしばらく眺め、それから、世界を創造したあとで遠ざかってゆく造物主のように、立ちさる。ふたりは出会ったときと同じように立ちさる。つまり、それぞれ別の方向に、もう二度と会うことなく。

「もう二度と会うことなく」という恐ろしい最後の言葉が頭をよぎるやいなや、彼の一物が目覚める。そしてヴァンサンは、頭を壁にぶちつけたくなる。

ところが、これは奇妙なことだ。彼が乱交の場面を考えだしているあいだは、あの忌まわしい興奮が遠ざかっていたのに、逆に不在のジュリーを思い出すと、彼の一物が狂ったように興奮するのだ。そこで彼は、乱交の話にしがみつき、それを想像しては、何度も何度も自分に話してきかせる。ふたりはセックスしている。いろんなカップルがやってきて、ふたりを眺め、服を脱ぐ。やがてプールのまわりは、もはや無数の性交の大波でしかなくなる。そんなちょっとしたポルノ映画を数回くりかえしたあと、彼はやっと気分がよくなる。彼の一物もふたたび理性的になり、ほとんど穏やかになる。

彼は〈カフェ・ガスコン〉を想像し、彼の話に耳を傾けている仲間たちを想像する。ポントヴァン、魅力的な馬鹿笑いを見せびらかすマシュー、博学ぶった感想を差しはさむグジャールとその他の仲間たち。彼は結論としてこう言う。「みんな、ぼくはみんなの代わりにやったんだよ。みんなの一物があの素晴らしい乱交パーティーに出席していたんだ。ぼくはみんなの代理人だった、ぼくはみんなの大使だった、みんなのセックスの代議士だった、みんなの一物の傭兵《ようへい》だった、ぼくは複数形の一物だったんだよ！」

彼は部屋を歩きまわり、最後の文句を何度も大声でくりかえす。複数形の一物とはまた、なんとも凄《すご》い逸物ではないか！　やがて（不愉快な興奮ももうすっかりおさまっていた）彼は鞄《かばん》をとって、そとに出る。

# 47

ヴェラはレセプションに支払いにいったが、私のほうはちいさなスーツケースをもって、中庭にとめてある車のほうにおりてゆく。俗悪な第九交響曲が妻の眠りをさまたげ、じつに気分よく感じていたこの場所からの出発をはやめてしまったことを後悔しながら、私は愛惜にみちた眼差しをまわりに投げかける。城の階段。夜の初めに四輪馬車がとまったとき、慇懃《いんぎん》だが冷やかな夫が若い騎士を伴った妻を迎えに現れたのは、そこだった。ほぼ十時間後、だれひとり送ってくれる者もなく、いまや騎士がひとりでそとに出るのも、そこだ。

T夫人のアパルトマンのドアが背後で閉められたあと、彼には侯爵の笑い声がきこえ、それにまもなく、別の、女の笑い声が加わった。一瞬、彼は歩調を緩めた。彼らはなぜ笑っているのか？　ぼくを愚弄しているのか？　やがて彼はもう、なにもききたくなくなり、ぐずぐずせずに出口のほうにむかう。けれども、心のなかにはあいかわらず、その笑い声がきこえる。それを振り払うことができないのだ。そして事実、彼は永遠に振り払えないだろう。彼は侯爵の文句を思い出す。「じゃあ、きみはきみの役割がどんなに滑稽なものか、充分感じていないのか?」夜明けに、侯爵にそんな意地悪な質問をされたとき、彼は平然としていた。彼は侯爵がだまされたのを知っていた。そこで、愉快に感じながら、もしT夫人が侯爵と別れようとしているのなら、ぼくはかならず夫人にまた会うことになる、あるいはもし彼女が侯爵に復讐したかったのなら、たぶんふたたび会うことになるかもしれない(なぜなら、今日復讐する者は明日もやはり復讐するものだから)と思った。一時間まえにはまだ、彼はそう思うことができた。しかし、T夫人の最後の言葉のあとでは、すべてが明瞭になった。この夜にはつづきがなく、明日はないのだと。

彼は朝の冷たい孤独のなかで、城のそとに出る。彼は思う、ぼくが経験したばかりの夜のなにも、あの笑い声のほかになにも、もう残っていないのだ。この逸話の噂は広まり、ぼくは滑稽な人物にされてしまうことだろう。そしてどんな女だって、滑稽な男などに欲望をそそられないことは世間でもよく知られている。ぼくの許可を求めもしないで、彼らはぼくの頭に道化の帽子をのせたんだ。しかしぼくが、そんなものをかぶって歩けるほど強い人間だとは感じられない。彼の心のなかには、あの話をあるがまま語ってやれ、大声でみんなに語ってやれ、という反抗の声がきこえる。

しかし彼は、それができないことを知っている。下司《げす》になりさがること、それは滑稽な人間であることよりもっと悪い。彼はT夫人を裏切ることはできないし、また裏切らないだろう。

# 48

ヴァンサンが中庭に出るのは、レセプションに通じる別の、もっと目立たないドアからだ。彼はあいかわらずプールサイドの乱交パーティーの話を自分にしようと努めている。それはもはや、興奮を冷ます目的のためではなく(彼はもうどんな興奮からもとても遠いところにいた)、耐えられないほど悲痛な、ジュリーの思い出を覆い隠すためだ。ただでっちあげた話だけが、現実に起こったことを忘れさせてくれるのを知っているのだ。彼は直ちに大声で、その新しい話をし、それをトランペットの盛大なファンファーレに変えてやりたくてたまらなくなる。そうすれば、ジュリーを失うことになった、あのみじめな性交の偽装をなかったことにできるだろう。

「おれは複数形の一物だったんだよ」と、彼は心にくりかえす。すると、その答えとして、自分に加勢してくれるようなポントヴァンの笑い声がきこえる。「きみは複数形の一物だよ。だから、今後はきみのことを、複数形の一物くんとしか呼ばないことにしよう」と言うマシューの、魅力的な微笑が見える。その考えが彼を嬉しがらせ、彼はにんまりとする。

　中庭の反対側にとめてあるオートバイのほうにむかっていると、彼よりすこし若く、はるか昔の時代の衣装を身にまとってやってくる男が見える。ヴァンサンは唖然として、じっと彼を見つめる。ああ、あんな常軌を逸した夜のあとで、おれの頭はどこまでいかれてしまったのか。彼はその出現を合理的に説明できる状態にはない。あれは歴史物の衣装をした俳優か？　きっとあのテレビ局の女と関係のある？　たぶん彼らは昨日、城でコマーシャルフィルムを撮ったのかもしれない？　しかし、ふたりの眼が合うと、その若い男の眼差しのなかに、どんな俳優にもけっしてできない、じつに率直な驚きが見える。

# 49

若い騎士は見知らぬ男を眺める。彼の注意を惹いたのは、とりわけその被《かぶ》り物だ。二、三世紀まえには、騎士たちはそんな鉄兜《てつかぶと》をして、戦争に出掛けるものと見られていた。しかし、鉄兜におとらず驚かされるのは、その男の不粋さだ。長く、幅広で、すっかり形がくずれたズボン。そんなものは、ごく貧しい農民だけが身に着けられる代物だ。あるいは、たぶん修道士だけが。

彼は気分が悪くなるほどぐったり疲れ切っているのを感じる。もしかすると、おれは眠っているのか、夢を見ているのか、それとも熱に浮かされているのか。とうとう、男はすぐ近くまでやってきて、口を開き、ますます驚くしかないような文句を発する。

「きみは十八世紀の人間か？」

その質問は奇妙で馬鹿げているが、しかしその文句の発しかたが、さらに奇妙で馬鹿げていて、まるでフランスを知らずに、外国の王国の宮廷でフランス語を学んできた使者みたいな、聴き慣れない抑揚なのだ。その抑揚、そのありそうもない発音が、この男は本当に別の時代からやってきたのかもしれないと騎士に思わせる。

「そうだよ、で、きみのほうは？　と騎士はたずねる。

——ぼくかい？　二十世紀の人間だよ」それからつけくわえ、「二十世紀末の」そしてさらに言う。「ぼくはすばらしい一夜を経験したところなんだ」

その文句は騎士を驚かせた。「ぼくもだよ」と、騎士は言う。

彼はT夫人のことを想像し、突然感謝の波に襲われるのを感じる。ああ、どうしてぼくは侯爵の笑い声などをあれほど気にしたのか？　それではまるで、もっとも大事なことが、ぼくが経験したばかりの夜の美しさではなかったことに、亡霊を見るほどの陶酔のなかにずっとぼくをとどめ、夢と現実を取り違え、ぼくを時間のそとに投げ出しているあの美しさではなかったことになってしまうではないか。

すると、鉄兜の男はおかしな抑揚でくりかえす。「ぼくは、まったくすばらしい一夜を経験したところなんだ」

騎士はまるで、そうかい、わかるよ、きみ、とでも言うように頭を振る。他のだれに、きみのことが理解できようか？　そこで彼は考える。秘密を守ると約束したのだから、自分が経験したことをだれにも、けっして言うわけにはゆかない。しかし、二百年後でも秘密の漏洩《ろうえい》はまだ、秘密の漏洩になるのだろうか？　彼にはリベルタンたちの神がこの男を遣わしたのだと思えてくる。この男に話すことができるように。秘密厳守の約束を守りながらも、秘密を漏洩できるように。自分の人生の一瞬を未来のどこかに託し、その一瞬を永遠のなかに投じ、栄光に変えることができるように。

「きみは本当に二十世紀の人間なのか？

――もちろんだとも、きみ。この世紀には、驚くべきことが起こっているんだ。風俗の放縦。くりかえすけど、ぼくはものすごい一夜を経験したんだ。

――ぼくもだよ」と、もう一度騎士は言って、自分の夜の話をしようとする。

「不思議な、とても不思議な、信じられない夜だったんだ」と、鉄兜の男はくりかえし、重苦しいまでの執拗さをたたえた眼差しで、じっと見つめる。

騎士はその眼差しのなかに、どうしても話さずにはおかないという頑固な欲求を見る。その頑固さのなにかが、彼の調子を狂わせる。話したくてたまらないというその焦りは同時に、聞くことへの断固とした無関心だと彼は理解する。どうしても話さずにはおかないというそんな欲求にぶつかって、騎士はたちまち、なんであれ、なにかを話す興味を失ってしまい、たちまち、この出会いをこれ以上長びかせるどんな理由も見いだせなくなる。

彼は新たな疲労の波を覚える。彼は手で自分の顔を撫でて、T夫人が指に残してくれた愛の匂いを感じる。その匂いが心に愛惜の情を惹きおこし、彼は馬車のなかでひとりになって、緩やかに、夢見るように、パリのほうへ運ばれたいと願う。

# 50

古い時代の衣装を着た男はとても若く、したがって年長者の告白に、当然関心をもつはずだとヴァンサンには思える。ヴァンサンが再度、「ぼくはすばらしい一夜を経験したんだ」と言い、相手が「ぼくもだよ」と答えたとき、彼はその顔に好奇心をかいま見たように思ったのだが、そのあと不可解にも、その好奇心が急に消えてしまい、ほとんど傲慢なほどの無関心さに覆われた。打ち明け話に好都合な温かい雰囲気が、一分たらず持続したあと、消滅してしまったのだ。

彼はいらいらして若い男の衣装を見る。とどのつまり、この変わり者はだれなんだ？銀のブローチのついた靴、脚と尻の線をくっきりとみせる白いパンツ、それに胸を覆い、飾っているこれらすべてのジャボ［胸飾り］、ビロード、レース。彼は頸《くび》のまわりに結んであるリボンを指でつかんで、茶化し半分に感嘆を表現したいとでもいうように、微笑を浮かべて眺める。

その動作のなれなれしさに、古い時代の衣装を着た男は激怒した。彼の顔は憎悪にみちみち、ひきつる。その無礼者を殴りつけたいとでもいうように、彼は右手を左右に動かす。ヴァンサンはリボンを放し、一歩退く。男は侮蔑の一瞥をくれたあと、遠ざかって馬車のほうにむかう。

面とむかって投げつけられたその軽蔑は、ヴァンサンをふたたび、以前の困惑のただなかにひきもどした。突然、彼は自分を弱く感じ、もうだれにも乱交パーティーの話はできないだろうと知る。おれには嘘をつく力はないだろう。悲しすぎて嘘もつけないだろう。彼にはただひとつの欲望しかない。その夜を、台なしにしたその夜をすっかり、速く忘れること、その夜を抹消し、消滅させ、なかったことにすること、——そして、そのとき、彼は速さへの癒しがたい渇望を覚える。

彼は決然とした足取りで、自分のオートバイのほうに急ぐ。オートバイがいとおしくなり、オートバイへの、これから彼が跨がってすべてを忘れ、自分自身を忘れるオートバイへの愛があふれてくる。

## 51

ヴェラが車のなかにやってきて、私のとなりにすわる。

「あっちを見てごらん、と私は言う。

——どこ？

——あっち！　あれはヴァンサンだよ！　きみは彼だって気づかなかったの？

——ヴァンサン？　オートバイに乗っているひとが？

——そうだよ。彼がスピードを出しすぎるんじゃないかと心配なんだ。彼のことが心配なんだ。

——彼、速く走るのが好きなの？　彼も？

——いつもそうだというわけじゃない。だけど今日は、まるで狂ったように走るんだろうな。

——この城は幽霊屋敷なんだわ。みんなに不幸をもたらすのよ。お願い、早く出して！

——ちょっと待って」

私はもう一度、緩やかに馬車にむかっている騎士を眺めたい。彼の歩調のリズムを味わいたいのだ。彼がまえに進めば進むほど、歩調が緩やかになる。その緩やかさのなかに、私は幸福のしるしを見る思いがする。

御者があいさつする。彼は立ちどまり、指を鼻に近づける。それから、馬車に乗ってすわり、気持ちよさそうに脚を伸ばして、片隅に体を寄せる。馬車が動きだし、まもなく彼はまどろみ、やがて目覚めるだろう。そして彼は、そのあいだずっと、容赦なく光のなかに溶けてゆくあの一夜の、できるだけ近くにとどまるよう努めることだろう。

明日はない。

聞き手はいない。

お願いだ、友よ、幸福になってくれ。私にはなんとなく、私たちの唯一の希望が、きみの幸福になる能力にかかっているという気がするのだ。

馬車は霧のなかに消え、私は出発する。

本書は、一九九五年十月、集英社より刊行されました。

集英社文庫

# 緩《ゆる》やかさ

2024年 6 月25日　第 1 刷　　定価はカバーに表示してあります。

著　者　ミラン・クンデラ
訳　者　西永良成《にしながよしなり》
編　集　株式会社 集英社クリエイティブ
東京都千代田区神田神保町 2-23-1　〒101-0051
電話　03-3239-3811
発行者　樋口尚也
発行所　株式会社 集英社
東京都千代田区一ツ橋 2-5-10　〒101-8050
電話　【編集部】03-3230-6095
【読者係】03-3230-6080
【販売部】03-3230-6393（書店専用）
印　刷　図書印刷株式会社
製　本　図書印刷株式会社

フォーマットデザイン　アリヤマデザインストア　　マークデザイン　居山浩二


ISBN978-4-08-760791-8 C0197